JN062957

ゆれる、膨らむ

夏当紀子

編集工房ノア

『ゆれる、膨《ふく》らむ』　目次

装幀　秋山知津子

白昼

十二時六分のバスに乗るつもりだった。きょうも最高気温36℃を越すという。その予報を聞いてわたしは家を出てきた。

八月も一週間を過ぎている。この真昼、県道沿いのバス停に日陰は全くない。プラスチックの青いベンチは、端が割れ落ち、色褪せて、座ると火傷をしそうだ。けれど、所在もなく、そろりとわたしはベンチに腰掛ける。熱くはない。案外そういうものかと驚く。今頃の時間に誰もバスになんか乗らないのかもしれない、お客がいなくて、バスはスピードもゆるめずに通過してしまうかもしれない、と思って早めにバス停にやってきた。なのに、定刻になっても、さらに十分を過ぎてもバスは来ない。乗客がいなくて、運転手はどこかで昼寝でもしているのだろうか。

日傘をさして、辛抱強く待っている。

風が吹いている。微弱な真夏の熱風。海のにおいを嗅いだ気がする。海などない地方都市の真ん中なのに、かすかに海のにおいが運ばれてくる。わたしは海を思った。白く砕ける波しぶき。透明な水をくぐる体の軽さ。そして二度と陸に戻れないかもしれないと感じたときの不安。そこにいるのはなぜか四十年も前の、幼い自分だった。

バスは十五分も遅れてやって来た。一時間に一本とはいえ、信じられない遅れだ。数年前から、乗客が少ないせいか、小回りがきくためか、十人も座れば全席が埋まる小型バスになっている。扉は折り畳み式にスライドし、同時に「整理券をお取り下さい」という文字がステップに点滅する。頭の先がぼうっと溶けたように感じて、バスの中が暗く陰って見える。安定しない指先で、小さな出口から突き出された紙片を受け取る。他に乗客は誰もいない。やはり運転手はどこかで居眠りをしていたのだ。涼しい木陰にバスを停めて、大きなハンドルにもたれて気持ちよく眠ったのに違いない。そう思いながら運転手を窺っていると、バスは客が座席に定着するまで発車しないようだ。

手近な通路側の席に座る。古いバスだ。クッションが固くて弾力がない。床もつぎはぎが目立つ。しかし、体中からの不快な水分が吸い取られるようなさわやかさに、わたしは満足する。膝に置いた籐編みのバッグからガーゼのハンカチと扇子を出すと、それらを交互に使う。

バスは無人の停留所を次々と素知らぬふりで通過する。運転手の横顔の下半分から胸元までがバックミラーに映っている。白い半袖カッターシャツ、きちんと結んだブルーの格子柄のネクタイ。引き締まった顎の線が見える。ハンドルを大きくきるときに映る腕は細いが、強靭そうだ。二十代だろうか、丸みのない肩が若い。彼は何を考えて運転しているのだろう。恋人のことか、それとも明日の予定か、わたしは青い波模様の扇子を動かしながら、ミラーに映る運転手を退屈しのぎに眺めていた。

「つぎ停まります、ご注意下さい」という文字が、ちょうど運転手の頭の後ろあたりの電光板に並ぶ。珍しく乗客がいるのだ。

自動車工場前のバス停から、一人の少年が乗ってくる。あ、あの子だ。見たとたんにわたしは声をあげた。十七、八歳だろうか。日焼けしていない顔に明るい茶色の髪が似合っている。だれだったんだろう。軽く跳んで乗り込みながら、ズボンのポケットに入れていた右手を出す。その手首から先が見えない。彼は左手でさりげなく整理券をとる。思い出せない。

「どうも」

わたしにひょこりと頭を下げて座る。だれだったんだろう。左ポケットを探って、携帯電話を取り出す。しかし電話をかける様子はない。メールを打つのだろうかと見ていると、とつぜん彼は後ろを振り向き、通路から顔を覗かせた。

「あのう、さ。俺の右手首、知らないっすか」

手のない右腕をかくんかくんと揺らしながら訊く。

「どうして」

わたしは思わず聞き返す。

「……」

少年は黙っている。

「どうして手首が」

重ねて訊くと、突然しゃべり出す。

「俺っ、さあ、整備士っすよ。さっきの工場の。一日じゅうトタン屋根の下で車に潜り込んでる。こう暑いとさあ、頭も目ん玉もぼーっと溶けてくんだ。38℃だぜっ。動いてるのは手首だけっすよ。手だけが勝手に指をひらひらさせて作業してんだ。ディファレンシャルを修理して、カーブがうまく回れるようにする。ピットマンアームから伸びているリレーロッド、タイロッドの亀裂や損傷を調べる。ショックアブソーバを取り外して、オイル漏れ、緩みを修理すんだ……」

　わたしは分からないまま頷いている。

「出来ないとソッコークビ。俺の代わりはゴマン。事務所のドアの前に毎朝五十人並んでんだ。だから手首は張り切りやがる、限界まで。だれも俺の顔なんか見ない。手が動いてりゃいいんだ。手だけがどんどんやるんだ、やりたいこと。そのうち手は俺に命令を始めるっすよ。早く起きて工場へ行け。早く服を着ろ。早く体を洗え。休憩なんかするな。うるさいっ、むかつくんだってっ、切り落としてやるぞって思ってたら、さっき、なくなってたんだ、突然。なくなると、急に捜したくなるっすよ。そのことばっか考えるっすよ。前までは切り落とすことしか考えてなかったのに、今は手首を捜すことで頭がいっぱいっすよ」

　少年は最後はぼんやりと、毛糸をかむような口調で言う。

「その、痛くないの」

　わたしは愚問だと思いながら訊いた。

「痛いっすよ。だけど痛さというのはね、感情を抑えられない。ますます掻き立てるかも。ほら、昔っから入れ墨とか割礼とかあるじゃん」

「それとこれとは一緒じゃないと思うけど」

「一緒だあ、理屈をつけてるだけだ。おまえらは理屈ばっか言って、何もいいもの残してねえ。俺は明日からクビすよ。明日なんかもとからどうだっていいんだ。手首だ、手首だけ捜さなきゃならない。暑い、暑いっ、このバス。何もかもこの暑さが悪いんだ、そう思うだろっ、おばさんっ」

わたしはもう暑くないと思いながら、少年を見つめた。たしかにどこかで見た気がする。

「ねえ、おばさん、おばさんは知ってんだろっ、俺の右手をさあ。はっきり言えよ、よおっ」

「知らないよ。どうしてわたしが知ってるの」

彼は少し神妙な顔をした。わたしはたじろぎながらも、唐突な問いに思い切り不満な表情を見せていたに違いない。

「ごめん、捜してみるっす」

少年は意外にもあっさりと言い、私鉄の駅前で、また跳ぶように降りていった。少年が降りてしまうと、もともと彼など乗っていなかったかのように、車内には静かさが満ちた。窓を閉めたバスは、音もなく走っていた。

二駅を通過して、市立病院前に着くと、掲示板に「時間調整のためしばらく停車します」と文字が出る。あんまり飛ばし過ぎたんじゃないの、わたしは苦笑しながら道路向こうの古びた病院を眺めた。

雨水のためか、コンクリート壁は黒ずみ、部屋ごとに懸けられたエアコンの室外機も同じようにくすんで並んでいる。あの五階の右から三つめの窓辺にいたのだ。わたしは気がつくと立ち上がって運転手に言っていた。

「ね、どれぐらい停まっていられるの。四〜五分、それとももっといいのかな。もしよかったら、ちょっと覗いてきたいのだけど、もちろんすぐに戻るわ。いいわ、出発に間に合わなかったら、次のにするから」

尋ねているのに運転手は答えない。運転席をのぞき込むと、帽子をかぶった首を曲げ、もう居眠りを始めている。過労かしら、若いのに大丈夫かなあ、呟きながらわたしは、足音をしのばせてステップを降りる。大急ぎで左右を確認するとバスの前を横断した。

病院の外来待合室は、灯りを落として、がらんとしていた。どうしたんだろう。きょうが日曜日だったことを思い出すまでのほんの三秒間ほどを、わたしはその殺風景な暗さに胸を衝かれて立ちつくした。消毒薬と配膳室の匂いの混ざった、濃厚な香が、休日はかえって階段の隅や壁際に漂っている気がする。

通路奥に、やはりエレベーターはあった。人気のない薄グリーンの鉄扉の前でボタンを押す。と同時にドアは開き、寝台の奥行き分の空間が現れる。わたし一人を乗せた直方体の箱は上昇していく。ふと、闇に浮かぶ白い箱を想像する。それは漆黒の世界にただ浮かんでいる。静かに、音もなく移動しながら、底の方からさらさらと崩れていく箱だ。動きながら消えていく。さらさらと闇に吸い込まれていく。闇の奥から直線がやってくるのが見える。一本の細い線がまっすぐにわたしに向かってくる。それを確認しようと思ったとき、エレベーターはかすかな振動を残して止まり、目の前には産科病棟のナースセンターがあった。

二十一年前に、菜歩《なほ》を産んだ所だという思いに、わたしの両足は小刻みに震えだす。それを無理やり押し出すようにして、エレベーターを降りる。

ナースセンターの、道路に面した窓窓にはベージュのブラインドが下がり、その隙間から陽光が差している。ファイルの並んだ棚、点滴の容器がそろったケース、机の前のモニターテレビ。看護婦たちがその間を忙しく動いている。

隣がたしか乳児室だった。わたしは３２０号室にいた。六人部屋で、初産はわたし一人だった。そして、退院するまで誰もその部屋に訪ねてこなかったのもわたしだけだった。断絶していた親には妊娠すら知らせていなかった。

　夜中に急激な陣痛が起こって駆け込んだのに、三日たっても子どもは生まれなかった。空腹と断続する痛みに、わたしは自分が何をしようとしているのか、分からなくなっていた。お腹が大きいまま釣り上げられる鮭や、産卵できないままに自動車の下敷きになったカマキリが目に浮かんだ。それはより凄惨な姿だった。が、もうそれ以上の苦しみは与えられないのだとも思った。

「もう限界です」

「早くしないともたない」

医師や看護婦の焦ったことばが、閉じられたカーテンの向こうから切れ切れに聞こえる。

「水島さん、手術で赤ちゃんを出しましょう」

　ベッド横にやって来た医師が、体を屈めてわたしに言った。帝王切開をするのだと分かった。わたしはなぜあのとき、薄れていく意識の中でそれを断ったのだろう。子どもと共に凄惨な死を迎えるのが宿命だと思ったのだろうか。手術費を考えたのだろうか。

「自然分娩を」

わたしは答えた。

「そうとう危険です」

わたしは頷いた。

難産だった。注射や点滴を打った後、運ばれた分娩室の夜ははてもなく続くように思えた。

「それっ、がんばるのよっ」

「次いくわよ、大きくいきんでっ」

「しっかりっ、水島さんっ、しっかりするのよっ」

「もう一回、いこう」

看護婦や医師の声が、夜中の分娩室の天井に反響した。

一人の看護婦がわたしのお腹の上に馬乗りになって、全身の力をかけて両手で押す。

「せいのっ、はいっ、いくわよっ、大丈夫よっ」

「もう一度っ、いきんで」

「だめっ、しっかりするのよっ」

「水島さんっ、赤ちゃんもがんばってるのよ」

「先生っ、子宮口は開いてます」

「吸引っ」

「鉗子の用意っ」

医師の声が蛍光灯の下を走る。「はい」と答える看護婦の返事を聞きながら、がまんならない呻き声をあげたとき、わたしの体に張っていた大木の深い根が一気に引き抜かれるように、胎児は外界へ生まれ出た。

だが、取り上げられた赤ん坊は泣かなかった。体は青紫に変色していた。

「へその緒が巻き付いています」

看護婦たちの緊張した声が、わたしの頭の神経を直接打つ。

ぴしぴしと赤ん坊のお尻を叩く音が聞こえる。泣かない。わたしは赤ん坊を見ようとした。が、体は動かなかった。疲れ切った子宮が大量出血を起こしていた。それが弛緩出血という危ない状態であることを、わたしはあとから聞いた。

「止血っ、急いでっ」

赤ん坊の産声はまだない。

「泣いてちょうだいっ」

看護婦の慌てた切実な声を夢の中のように感じながら、わたしは泣かない赤ん坊に全霊をこめて言った。死なないで、わたしと一緒にいて。

カエルのようなくぐもった声のあと、とつぜん甲高い泣き声が夜が明けた分娩室に響いた。泣いたっ。赤ん坊は生きてる。看護婦たちからわっと歓声が起こった。

「もう大丈夫よ、水島さん。かわいい女の子よ」

わたしの意識はそれから急速に薄れていった。

菜歩がわたしのベッド横に連れてこられたのは、三日もたってからだった。産着に包まれた小さな体はピンク色の肌をしていた。黒い眼をしっかりと開いていた。わたしはあのとき、堅野知之と別れてきたことも、たったひとりで子どもを産んだことも後悔しなかった。

窓辺の日射しは冬だというのにベッドいっぱいにあふれていた。それに暖められて、光の粒子だけが体の奥の方からふるえるように、ひとつひとつ、プツンプツンと増えていった。菜歩の小さな体は柔らかく温かかった。ベッドの上で正座して、母乳を含ませながら、救われたんだ、と何度もわたしは思った。わたしたち二人は救われたのだ。白い膨らんだ腹を見せて川を流れていくサケの母親に、わたしは黙って頭を下げた。

とつぜん長い叫びが起こった。街のざわめきを鋭い爪で突き破るような女の声だった。去年建ったばかりの駅前のガラス張りのファッションビル。四階にかけて最新の洋服、靴、雑貨、鞄を売る店がゆったりと配置され、一階と地階には洋風や中華の様々なレストランや、カフェが入っていた。吹き抜けのそのビルを長いエスカレーターが昇降していた。そのエスカレーターの最上部から叫び声は聞こえてきた。

ビルには軽快な音楽が流れていた。ビートルズの「ヘイ、ジュード」のジャズバージョンだと律子は思った。高校生の頃、ビートルズの曲をピアノで弾いて、大人たちから眉をひそめられたことがあった。三十年ほども前のことだと思い出しながら、律子は他の客たちと同じように下りエスカレーターの途中で叫び声の方向を見上げた。だがよく分からない。一階の広いフロアに着いてもう一度振り仰ぐが、変わったことは窺えない。律子は不審な思いを抱いたまま歩き始める。

コーヒーでも飲んで一休みしてから、菜歩の大学へ行こうと考えていた。大学は丘の上にある。その構内のホールで合唱クラブの発表会が行われるのだ。菜歩は混声合唱のアルトパートで歌っている。三回生になってパートリーダーとして初めての公演だ。朝から、白いノースリーブブラウスと黒のロングスカートをバッグに大騒ぎで詰め込んでいた。

「どうして昨夜のうちに用意してなかったの」

「朝で間に合うと思ったからよ」

「いつだって泥縄なんだから。そんなんじゃ今に取り返しのつかないことやってしまうよ」

「うるさいなあ、お母さんは。いまさらごちゃごちゃ言ったってどうしょうもないでしょ、もう行かなきゃなんないんだから」

「今言っとかないと分からないからよ、あんたは。それに母さんのほかにだれが注意してくれるの」

「分かった、わかったよ。あんまりうるさく言うんだったら、きょう来なくていいからね」

　菜歩は捨てぜりふを吐いて出ていった。

　その菜歩に濃紺の半袖ブラウスを買った。シンプルで上品だった。ご機嫌取りという訳じゃない、と律子は少し苦笑しながらレジでお金を払った。

「ああ、よかった、間に合った」

わたしはバスの上り口の手摺を握ると同時に言った。

「でもそんなに時間はかかってないでしょ。ほら病院にいたのって、ほんの二、三分だったでしょ」

運転手はたった今体を起こしたように両腕を挙げて伸びをしていたが、わたしの方は見ていない。実はわたし、この病院で子どもを出産したのよー、と口からことばが続いてあふれそうになっていたのを、ようやくの思いで抑えた。

病院前から乗り込むのはやはりわたし一人だけだ。日曜だしね、どこの家でも車の一、二台あるものね、それにしたってたった一人の乗客じゃバスの経営成り立っていかないわね。そのうちこの路線も廃止されるかもしれない、などと思いながら、ふと席から顔を上げると、最後尾の広いシートに高校生ぐらいの少女が横たわっている。

「あら」

バスはいつのまにか走っている。なんとなく無視できなくて、ちらちら見ていると、少女は目を閉じたままゆっくりと起きあがる。そうして見開いた目がわたしと合うと、表情は変えずに瞬きして、すたすたと歩いてくる。わたしの横に座る。

「暑いわねー、きょうは特に」

　とまどいながら声をかけると頷く。扇子の風を送ってやる。が、相変わらず無表情で座っている。こんなにがら空きなのになぜわたしの横に来るのだろうと思っていると、急に、

「あのう、さ、このバスに男の子乗ってなかった」

　と訊く。

「男の子って」

「アタシと同い年ぐらいの。正確には一つ下なんだけど」

「あ、さっきいたわね。でも駅前で降りていったけど」

「右の手首から先がなかった？」

「ええ、そうだった」

「じゃ、あいつだ」

「捜してるの」

「べつに捜してるわけじゃないよ。でも、アタシがその右手首持ってるの」

　ことばが出ない。

「彼は捜してたよ」

やっと答える。

「そう、向こうから飛んできたのよ。でも返してやんないわ」

わたしは驚いて、髪の長い少女の顔を見つめる。

「困ってるよ、返してやったら」

「どうして、やだ。返すと、もう捜せなくなるじゃん。捜すことが楽しいのよ」

「楽しいの？」

「楽しくないかもしれないけど、捜さないよりはまし。時間潰しになるじゃん。おばさん、その年まで生きてくるのって、ほんとに退屈だったんだろうね。アタシには我慢できそうにないよ」

わたしはあっけにとられて少女の薄い唇を見た。退屈だった日なんて一日もなかった気がする。菜歩との生活のために今までずっと働いてきたのだ。食堂のウエイトレス、事務員、保険の外交員、今の印刷会社に落ち着くまで、いろいろな職場で様々な仕事をしてきた。女子大の音楽科を中退して何の資格も持っていなかった。たいして巧くないピアノは一日弾かないと急速に力が落ちた。それで食べていくことなどとうてい無理だった。

「がんばってきたのよ」

わたしは言った。

「そんな恥ずかしいことよく言えるね」

すかさず少女は返す。

「恥ずかしい？」

「そうだよ。そう言うのも、がんばってるとこ見られることも、ほんと恥ずかしいよ。無理してますって顔してさ。誰にか知らないけど、褒められるためだけにやってきたんじゃないの。アタシはがんばりたくなんてないよ、今のまんまがいい、いつまでも」

「わたしがあなたの頃はがんばらないことが恥ずかしかったわ。ノンポリでいることが後ろめたかった」

「ノンポリ？　何それ」

バスは渋滞なのか信号待ちなのか、幾度も止まり、また出発した。しかし乗客はほかには乗ってこない。気がつくと、窓の外は郊外の緑多い景色に変わっていた。田畑や、竹が幾重にも重なって繁る小高い丘を過ぎる。

隣で少女はことんと眠ってしまう。規則正しい呼吸が若い動物のしなやかさを感じさせる。傾けた頬は白い粉引き碗のような初々しさだ。わたしはこの少女に何も語るものがないのだろうか。何の役にも立たない人生だったのだろうかと、わたしは自問した。草におおわれたため池のように、ただどろりとした水を湛え続けていただけなのだろうか。変わりばえのない日々を積み重ねてきた。世の中が金持ちになっていく中を、横波をかぶらないようにひたすら水中で手足を動かして泳いできただけだった。夢をなくしたようで、夢など初めからなかった気もする。弁解の言葉ばかりが出てきそうだ。

風を送りながら眺めていると、少女は突然スイッチが入った人形のように目を開ける。

「アタシ、次の停留所で降りなきゃ」

タンクトップの細い腕を伸ばして、窓際の降車ボタンを押す。掲示板に「次止まります」の文字が出ると、再び安心して眠る。バスが停留所に着くと同時に立ち上がり、後も見ずに降りていく。わたしは広げた扇子を手に持ったまま、何も言えずに少女を見送った。が、ふと見ると、後ろの座席にオレンジ色の夏帽子とポーチが残っている。

「あっ、待って」

わたしはとっさにそれらをつかむと、バスのステップの所に降りて叫んだ。だが、少女はすでに歩いていく。窓ガラスを叩いても、ウォークマンのイヤホンを耳に入れているのか気づかない。

「ねえっ、忘れ物よっ」

わたしは思わずバスを飛び降りて後を追った。少女の足は速い。

「待ってちょうだい、忘れ物してるのよっ」

やっと指先が彼女の腕に届いたとき、びっくりしたように少女は振り返る。

「あっ、そうだった。でもアタシまたこのバスに乗ってもいいかなって思ってたんだけど。あ、でもありがとっ」

今度は少し笑いを浮かべて帽子を被りポーチを受け取る。

「ねえ、わたしって、つまらない人間だったかしら」

そんなこと、この子に訊いてどうなるのだ。少女は驚いた目をした。

「分かんないよ、だれだってつまんないと思ってるんじゃないの、自分のこと」

きゅっと音がするようにきびすを返すと、再び大股で歩き去る。そのときだった。わたしはバスのドアが閉まり、走り出すのを感じた。

どうして、置いていかないでよっ、慌てて追いすがる。でもバスとの距離は見る間に広がる。遠ざかっていくバスの後を見ながら、人生のすべてに閉め出されたような気になる。ひとり取り残されるという仕打ちは、あらゆる生き物にとって耐えられないものだ。どうせいつか互いに朽ちていくのだと分かっていても、それだからこそ置いてきぼりは悲しい。そう思うと、かつて振り切ってきた幼い菜歩の姿が浮かんでくる。まだだれも登園していない保育園に菜歩をおいて、わたしは駅へ走った。後には菜歩の泣き声が追いかけてきた。おまけ付きの菓子を欲しがってぐずる菜歩に苛立って、スーパーの通路に置き去りにしたこともある。帰ろうとしない夕暮れの公園の砂場にも。出張のときは、小学生の菜歩を家に一晩置いていった。あの子はいつも泣きながら追いかけてきた。この世で、母親を求めて泣く子どもの声以上に切実で悲しいものはない。それを振り切ってわたしは走った。わたしは振り返らなかった。あのバスのように。

不思議に息が切れていない。わたしは平気だった。ひとりバス道に立っている。真っ青な空に積乱雲が貼り付いている。伸びたイネの葉がそろって風になびく。ふとこみ上げてくるものがある。わたしはバスが行ってしまった道に立ち続けた。

しばらくして、わたしは、バスの次の時刻を確認することだと気持ちを立て直した。バス停まで戻ってみると、やはり一時間後でないと次のバスは来ない。それもどうだか分からないだろう。錆び付いた丸い鉄板にかかれた停留所名は、哭沢と読める。消えかけたひらがなで、「なきさわ」とふってある。聞いたことがあるような気がする。そう思ってわたしは辺りを見回す。バス道の両側には遠くに人家が見える以外、コンビニの一軒も見あたらない。右手は水田と畑の向こうに川の土手が見える。左は竹林がせり出し、ゆるい下り坂の細道が雑木林の小山へと続いている。

あの道を通ったことがある。わたしは瞬間的に確信して胸がどんと大きく鳴る。なぜこんな所に来たのだろう。なぜこんな所を知っているのだろう。籐のバッグは離さず持っていたが、日傘はバスの中だ。わたしは日陰を求めるように林に向かって歩き始める。歩きだすとなおさら前に来たことがあると足先も皮膚すらも全身が伝えてくる。背の高い竹が斜めにしなり、道を挟んで両側から葉を密に交叉し合ってまるでトンネルのようになっている。その薄暗い小道を抜け、雑木林に入ったとたん、わたしはカッと体が熱くなるのを感じた。コナラやブナの木々に混じって桜の大木が一本、満開の花を咲かせている。

どうして真夏に桜が咲くの、目眩がした。その歪んだ視界に、桜の木はよじれていく。目の前に二十余年前の場面が動き出す。

「哭沢っていうんだって、このあたり」

わたしはジェミニの助手席で、膝の上の道路地図帳を見ながら言った。

「慟哭のこくだ。あまりの悲しみに声をあげて泣く。泣くために来る沢なのか」

知之はわたしが示した地名をスピードを緩めてのぞき込む。

「あまりの悲しみってどんなときだろう」

わたしは呟いた。

「愛するものとの別れ以上に悲しいものはないと思うよ。人であるかぎりは」

「トりてみよう」

車を道路端に停める。知之は幼なじみの友達に車を借りてきていた。あてもなく二人で林の中に入っていった。竹の暗いトンネルをくぐり、小道を下って、林の中に入り込んだとき、二人は言葉を飲んだ。

満開の山桜が一本、壮大な鳥が羽を広げたように立っていた。空を覆うほど桜の花が咲き、流れ落ちるように花びらが舞い散っていた。風が吹くと、波が伝わるようにさささとひそかに葉先がざわめく。葉の一枚一枚、花の一つ一つが風を含み、さわとゆれた。突如、海鳴りのように風が起こり、花が降り注ぐ。

空高く渡っていく鳥の影を感じた。

「ここは死の世界だろうか」

知之は呟いた。常に論理的に考え行動する彼の言葉とは思えなかった。だけどわたしにもこの世ではない世界に思えた。時間も空間もすべてがここで止まっていた。

二十二だった、あのとき。知之は三つ年上だった。彼は活動家だった、のだろうか。革命を信じていた、のだろうか。今となっては、たとえ本人もそんな質問には答えないに違いない。

たまに女子大にやってきて、アジテーションとオルグ活動の指導をしていた。彼の、激してきても正確なことば、理論家でありながらふと見せる恥じらいややさしい態度に心惹かれる女子学生が、少なからずいたことは確かだ。だけどわたしはそんなのではないと思っていた。

国際反戦デー参加や、学内民主化を呼びかける立て看板を作った。自分にも何かができそうな気がしていた。常にヘルメットと洗面用具を部室に置き、他府県のデモにも参加した。集会でビラをまいた。疲れ果て、帰りの電車の床に座り込んで眠った。知之は機動隊とぶつかっては叩かれて腕や肩が紫色に腫れ上がった。

彼が留置場に留められている間に、大学の学内封鎖やピケも解除され、何十人もが逮捕された。後には卒業試験と派閥闘争があるだけだった。知之は留年を続けていた。

わたしは、暗い座敷から日の照る縁側を眺めるように、二十余年前の日々を林の中に映し出す。恋と活動をごっちゃにしているつもりはなかった。けれど、それらは一日の生活の中で境界が消えてしまっていた。どうしようもなかった。わたしは毎日、寮に住み続けて活動する彼に食事を運び、彼の洗濯物を自分の下宿の洗濯機でこっそり洗って干していた。わたしは彼を愛し、恐れていた。怖かった。彼に批判されることは、すべてを否定されることに思えた。

「きょうの晩飯うまいね」

と言われるとただ喜んでいる自分がいた。彼が、後輩の吉野夕子と親密になっていたのを知ったときも、訊けなかった。彼女はただかわいいだけで軟弱な少女だった。あんな子のどこがいいのかと問い詰めたかった。しかし、そういう思いに囚われていること自体、批判されて切り返されるだろうと思えた。人の感情を否定する権利はない。愛したいのなら愛せばいいのだ。感情を慣習や通念で縛ることはない。わたしも対等に生きればいい。互いに皆自由で風のように恋をすればいい。けれどフランスの思想家伴侶のようにかっこよくはいかなかった。

彼の部屋のドアを開けると、吉野夕子がいた。わたしの顔を見ると、

「じゃ、わたしは、これで」

と帰っていく。テーブルの上には、夕子が持ってきた弁当が置いてあった。わたしは何をしているのだろう、という思いが急にわたしを打ちのめした。てきぱき大量のビラを作り、その上卵焼きがうまいなどと言われて喜んでいる自分は何なのだろう。吉野夕子に勝ったところで、それが何なのだろう。

――ひとりの女を悲しませるような人に平和も解放も語る資格はないわ。目の前の女を踏み台にして階級闘争なんてありえない――

そう胸の内で泣き喚くと、わたしは再び知之の所に戻らなかった。あのときわたしは、菜歩を身ごもっていた。ほんとうは、子どもだけは自分のものにしたいという、ただそのエゴばかりでわたしはあの世界から出たのかもしれない。実家の厳格な親のところにも戻らなかった。


ため息をつく。わたしは満開の桜の木を見上げた。かつてと同じように、ごーっと海鳴りのような風が起こる。わたしは逃げるように来た方向へ向きを変えた。

哭沢のバス停に戻る。バッグから扇子を取り出そうとしたとき、突然ブラウン管の奥から画面が現れるように、バスがやってくるのが視界に入った。目の前でドアが開く。わたしは深く息を吐きながら乗り込む。

「あれっ」

声をあげる。

「あなた、ひょっとして同じ運転手さんじゃない。さっきわたしが乗ってたバスと。どうして。あ、そうだ、このバス自体がさっきのバスなんだ」

ドアが閉まる。

「循環バスですから」

運転手が馬鹿にして言った気がした。だが彼は淡々と出発の操作をする。

バスは走り始める。わたしはさっき、慌てて降りて料金を払っていないのを思い出した。だから戻ってきたのかしら。どうせお客もいないから。

「わたしね、娘の大学に行くのよ。きょう大学で演奏会があるの。混声合唱団に入っててね、アルトのパートリーダーなの。見に行ってやろうと思って。その前にね、ちょっと寄ってみたいところがあってね、山元町だと思う」

答えるはずのない運転手に話しかける。

つんざく声がまた聞こえた。やはり上の階からだ。花々や観葉植物であふれた、おしゃれなカフェ街をそぞろ歩く人たち、外のテーブルで軽い食事やお茶を楽しむ人々は一様に顔を上げ、目に緊張を走らせた。律子は、煉瓦と石と木組みでドイツ風な構えのコーヒー店の店先に立っていた。やっぱり変だ、何だろうと思うが、実体は見えない。

まもなく、こんどは男の叫び声も混じって聞こえる。その重なるわめき声が、長いエスカレーターを下りてくる気がした。ザーッと音たてて、叫び声と、靴音と、人の胸底から発せられる不安な息づかいが広がる。一瞬のうちに、訳の分からない恐怖が一階全体を飲みつくした。テーブル席の人は腰を浮かせ、コーヒーをこぼした。歩く人は左右に分かれて逃げ、視線をあちこちに泳がす。叫び声の方へ走っていく人がいる。

律子は振り向き、自分の行動に迷った。何だか分からないけど出口へ行く方がいい、と駆けめぐる考えから判断する。急ぎ足になる。走り出す。今、流れてる音楽はカーペンターズだと頭の隅で思っている。靴が脱げる。あっと声が出る。片方の靴を捜して下を見る。足許に目を落とした。次の瞬間、律子の目の前に少女の背中があった。同じように出口に向かっている。そしてその向こうに、鋭い刃先がギンと光った。

ここが堅野知之の家なのだ。そう思うと、胸の中に痛いほどの何かが走った。もう長く忘れていた感情だった。なつかしさ、ためらい、それとも、ときめきなどと呼んでもいいのだろうか。

山元町のバス停でバスを降りた。料金箱に510円の小銭をがさがさと入れたつもりだった。が、それらはひっそりと音をたてず、まるで綿の上に投げ入れたように箱に吸い込まれてしまった。

白っぽい真昼の路地を、突き当たっては折れ、行きどまっては戻って、たどりついた。小さな分譲マンションばかりに囲まれた、簡易舗装をつないだ、どこかの遊園地の迷路のように白い狭い道だった。日傘をさして歩くわたしと出会う人も、行き過ぎる車もなかった。時々立ち止まって住所表示を確かめたが、いつも太陽は真上にあった。道に影は全くなかった。

知之の現住所を書いたメモは、菜歩のデスクマットに大切にはさんであった。あの子はどうやって突き止めたのだろう。いつから捜していたのだろう。菜歩はおそらくまだ父親には会ってはいない。ただ住所を探し当てて、それを毎日眺めていたのに違いない。机の上に置いて、わたしに見せようとしていたのだろうか。菜歩にとって父親は幼いときから憧れの存在だった。まわりの友達がみんなもっているもの――父の匂いの安心感、父と冗談を交わす弾んだ時間――が、自分には与えられていないことは耐えられないことだったはずだ。その試練を彼女に強いたのはわたしなのだ。

周囲の変化に取り残されたように建っている、木造の棟割り長屋だ。格子の玄関引き戸が四軒同じように並んでいる。隣家には丈高い雑草が所構わず唐突に伸び、地味な花をつけている。空き家なんだ。わたしが子どもの頃から建っている長屋に違いない。そう思いながら、日傘を畳み、木の引き戸を開けようとしたとき、戸の上に、忌中とかかれた真新しい紙が貼ってあるのに気づいた。知之は亡くなったのだろうか。まさかと思う。葬式にしては人の出入りもない。彼の家族がどういうものかもわたしは全く知らなかった。出直してくるという方法もある、とわたしは考えてみる。けれど再びここまでやってくることがあるとは思えなかった。思いきって格子戸の中に入り、さらにアルミサッシ戸のドアノブを引く。

すぐに線香の匂いが流れ出る。家の中は静かだ。

「ごめん下さい」

と声をかける。

かすかに人の声が聞こえる。

「どうぞ」

と言われた気がして、わたしはしばらくためらったが靴を上がり框に脱ぎ揃え、線香の濃い香のする方へ歩きだす。台所と二間の和室の存在が見えた。わたしと菜歩の部屋と大差はないようだった。奥の部屋の真ん中に布団が敷いてある。

急に激しく動悸がする。知之が死んだのなら、どうすればいいのだろう。わたしは何を見るのだろう。なんと言えばいいのだろう。敷居まで近づくと、襖の陰にひとりの痩せた老人が座っていた。わたしは膝をついて正座し、頭を深く下げた。老人も項垂れて頭を下げる。

わたしは震える思いでその顔を見た。堅野知之がそこにいた。わたしは言葉を発せずに彼を見つめた。

「ごめんなさい」

しばらくしてわたしはやっと口を開いた。

「わたしはお弔いに来たのではなかったんです。知らずに伺ったの。あの、どなたが、どなたがお亡くなりになったのですか」

「夕子」

知之はかすれた声で言った。

「吉野夕子さん」

知之は黙って頷く。顎に少しの鬚が生えていた。白いものが混じっている。頬の肉は落ちてそれが目元を引き下げている。皮膚のたるみは首のあたりにまで及んでいた。かつての知之の、精悍な若々しい顔はなかった。

真夏だというのにしっかり掛け布団を着、顔に白布を掛けられている夕子の遺体に、わたしは両手を合わせ、目を閉じて拝んだ。若い彼女の面影しか浮かばない。

「もうすぐ棺を持って葬儀屋がやって来る。とうとうこんな日が来てしまった」

横から知之が言う。不器用な手つきで麦茶の入ったガラスコップを一つ運んでくる。

知らなかった。知之と夕子はあれから別れずに結婚したのだ。ずっと二人でやって来たのだ。

「学生運動が行き詰まったとき、律子は去っていった。夕子は、彼女だけを愛したとは言えない俺を受け入れてくれた」

「彼女は結局賢い人だったんだ」

「律子と夕子はそれぞれ別の意味で賢明だった」

「別の意味」

わたしは訊き返す。

「ダメなものを捨てる生き方と、ダメなものとつきあう生き方」

突然、涙の固まりが胸の奥で引っかかるような気がした。捨てたのはあなたなのではないか、わたしの方が捨てられたのだという、割りきれない感情がせり上がってくる。（そうだな、男は皆甘えん坊で勝手なんだ）と開き直るのだろうか。

「水島律子はいつも毅然としていた。自分の道を自ら探す人だったよ」

「そんなことないわ」

涙がほんとうにあふれそうになる。が、こらえた。これまで泣いてなど来なかったのだ、一度も。事実、ドアを開けて出ていったのはわたしだった。彼の黒い傘を取り、ドアのノブをゆっくり力を込めて回したのはわたしの選択だったのだ。

「あのとき、妊娠してたの。女の子よ、菜歩っていうの」

知之は顔を両手で覆った。

「子どもが……」

「子どもを道具にしたくなかったのよ」

「そうだった……」

まるで老人のように小さくなった知之が遠い目をして呟く。

「ええ、若かったわね。決して賢くなかったわ」

わたしはコップの麦茶を見つめて言った。

「大学生なの、もう。小さい頃は父親は亡くなったんだって言ってた。でもあの子は分かってたのよ。勝手に形見としてあなたの傘を渡しました。今でも大切に持ってるわ。たまにさしたりもしてる」

傘もわたしのことも、この人は捜したのだろうか。自分から出ていきながら、心配してくれたか気にかかる。

「傘しかなかったのよ、あなたの財産といえるもの。父親の形見にもらって出たのよ。きのう、あの子の机の上にあなたの住所を書いたメモを見つけた。何とかして調べたんでしょう。もうそういう年齢なんだわ、自分で何でもできる。ひとり親家庭の支援活動をしてるのよ、いつのまにか。卒業したらそういう仕事をしていくと言ってるわ。ドキリとしたけど、そうじゃないって言うの。母とふたりで生きてきたからこそ社会が見えてきたって」

「子どもでも生まれたら、世の中と折り合いをつけて生きていけるんだろうかと思ったこともあった。お父さんという耳触りのいい枠の中でそれなりに努力や向上もできたかもしれない。夕子はとても欲しがって、ずいぶん不妊治療とかしてしまった。俺の気持ちが彼女を追いつめたんだ。あのときの傷がきっと体に悪かったんだ」

「子宮ガン」

「医者は治るって言った。手術もうまくいった。抗ガン剤も効いた。大丈夫だった。あと三月もすればって。夕子は喜んでた。それが急に悪くなった」

「そうだったの」

わたしも項垂れる。この世は突然裏返る。楽しくなるはずの日が突然暗転する。生きていることの裏地には消滅の闇が一目一目に縫い込まれている。

「だれかが死を望んだのか」

知之は呟く。

「どうにもならないのよ。だれのせいにもできない。答なんかでてこないわ」

「いつか俺にも目覚めない朝が来る。それだけが楽しみだ」

知之は遠い眼をして言った。

縁側の向こうに、男物のシャツがハンガーに揺れている。彼が洗ったのだろう。わたしはこれからの明け暮れを生きていかなければならない知之を思った。

ため息を深くつくと、彼はわたしの前に置いたグラスの麦茶を自分で飲み干す。わたしはびっくりして見ていたが、膝を直して立ち上がった。

「わたしね、あの哭沢の桜の木を見たわ。あなたと桜の下で立ち尽くしたことを思い出した」

知之は音にならない息を吐くと、絶句したように口を閉じた。彼の目にも、桜の花びらが、生命の燃焼のように、その火の粉のように降り続いていた光景が見えているのだろうか。

「行かなきゃ」

別れを言おうとしたとき、少しの悲しみが胸を刺した。頭や心はとっくに離れていても、あのときの温度や風の匂いを体が覚えていた。いっときでも抱き合った肉体に対するいとおしさが胸を突いた。

座ったままの知之の目に涙があふれる。

「俺は結局自信のある生き方もできなかった」

わたしはかつて勇者であった知之の姿を思った。正義に燃える人の姿は美しかった。わたしは彼を両手で抱きしめた。

「知之さん」

わたしは呼んだ。

「聞こえないの、知之さん、律子よ」

わたしは、泣き続ける知之を見つめた。


光ったのは刃渡り三十センチの牛刀だった。何カ所もで叫び声が起きる。が、牛刀の先は動かない。目の前の少女に照準が合わされていた。

「返せよおっ、だれが隠してんだよおっ」

牛刀を左手に握っている。右手はポケットの中だ。まだ高校を卒業したばかりぐらいの少年だった。

そこにいるだれもが、腰がよろめき、足が竦んでいる。律子は、逃げなければという言葉で頭の中がいっぱいになるのを感じた。しかし体が動かない。瞬間、ザァーッと客たちがフロアを斜めに走る。少年が動いたからだ。全員が斜めになってフロアを転がっていく。「イエスタデーワンスモア」の歌声がゆがんでふくれていく。エヴリシャラララーエヴリウオウオウー、しだいに音はねじれてちりぢりになる。それが一瞬直線になった。

少年は包丁を振り上げた。キャーッ、少女が絶叫した。とたんに律子は、自分の体が宙に浮いた気がした。そして大理石ふうのフロアにゆっくりと打ちつけられていくのを感じた。それを止めることは不可能だった。倒れていっているのだ、と律子は考えた。もうすぐ床に体がぶつかる。熱いものが胸から背中にかけて貫いている。どうしたのだろう。なぜこうなったのだろう。シャラララー、エヴリウオウオウー、このまま倒れていくより仕方がないのだというあきらめが頭の中を走る。それを全身で理解したとたん、律子の意識は途絶えた。

あたりには夥しい血液と、叫びと、喚きとサイレン、そして「イエスタデー・ワンスモア」が入り混じって飛び交った。

「やっぱりこうなるんじゃないかって思ったのよ」

わたしはバスに乗り込みながら言った。

「よほど乗客のないバスなのね。これじゃあしたにも廃止路線ね。また時間調整してたわけね」

運転手は返事などしない。それでも聞いてはいるのだろうと、わたしは話す。

「娘の演奏を聴きに行くのよ」

また同じことを繰り返し言っていると気づいたが、止められない。

「ほんとは親が見に行きたいのよね。これまで仕事を休めなくて、ほとんど行ってやれなかった。参観日や運動会とかをね。行きたかったわ。子どもが一心にやっているのを見てると、何だか胸がいっぱいになるものなのよ。これまでのことが、例えば病気をしたこととか、叱ったことなどがあれこれ浮かんできたりして、よくこんなに大きくなってと思って、涙が出てくるわ。こんな親なのに、すてきな子に育ってくれたんだなんて思うと、あらゆるものに感謝したくなる。馬鹿だわね、ほんと。こんな話、聞いてはいられないわね。全く迷惑ね、ごめんなさい」

わたしは扇子であおぎながら、やっと口を閉じる。

菜歩の大学へ行くのは二度目だ。入学式にも行っていない。合格発表のとき、一緒にあの丘の上のキャンパスに建つ掲示板を見に行った。クラブ勧誘に来た、在校生らしい男子学生に頼んで、二人並んで写真を撮ってもらった。春の雪がちらついて寒かったけれど、菜歩もいい顔で写っていた。

六方向に分かれる交差点で、バスは大学への坂道へと左折する。そこからキャンパス前まで急坂が折れ曲がって続くのだ。電車の駅から歩くものは、二十分間階段を上がり続けなければならない。それとも、屋根付きエスカレーターを四本乗り継ぐかだった。丘の上からは、はるかに青の濃淡を重ねる山の連なりや、下方に開ける街や私鉄線路が見渡せた。

わたしは大学前の停留所でバスを降りた。日傘をさし、濃い緑色の枝葉が延々と続く銀杏並木を歩いていった。ホールはもうそこだった。

血まみれになった律子の体は担架に乗せられ、ビルの中まで入ってきた救急車に運ばれた。パトカーが幾台も点滅灯を回したまま停まっている。遠巻きに見守る人々の中を、警官は慌ただしく動き回る。

救急車はすぐに甲高いサイレンの音を振りかざして走り出す。律子の口には酸素マスクがつけられている。

「止血処置はしましたが、出血多量の状態です。輸血が必要です」

救命救急士が、携帯電話で待ち受ける病院の医師に連絡する。

「そうです、胸から背中に達しています」

設置された血圧計の数値がしだいに下がってくる。間に合わない、早くっ、救命士は叫んだ。

律子の耳はもう何も聞こえなかった。ただ海の匂いをかすかに感じた。林の中の風を見ていた。

救急の出入り口で待っていた医師は、救急車から担架が下ろされ、ストレッチャーに移されるとすぐ、律子の血の気のない顔を見た。脈を取り、瞳孔が開いているのを調べ、心臓停止を確認した。

「残念ですが、お亡くなりになりました」

「午後十二時六分です」

横で看護婦が時刻を告げた。

救急隊員も医師も看護婦たちも、全員が深く頭を垂れた。

警察では、被害者の身元確認を急いでいた。たった今、救急隊から被害者の女性死亡の

連絡が入ったばかりだった。取り押さえられ逮捕された犯人の少年は、殺人容疑に切り替えられた。彼は捕まる瞬間、

「悪いのは俺じゃないっ、この手なんだっ」

と叫んで右手を振り上げ、勢い余って持っていた包丁で右手首を落としてしまった。

「被害者の所持品の一つはこの紙袋ですが、中にはビル内の店で購入したブラウスが入っています。もう一つはこのバッグです」

警察官が説明する。日傘はどこかで落ちたのか、警官は報告しない。

血痕が飛び散った籐のバッグを開ける。まず扇子が出てくる。広げると青い波の絵が描かれている。刺繍をしたガーゼ素材の白いハンカチ。財布を取り出すと、口に付いていた鈴がチリンと鳴った。

「あ、健康保険証が入っています。写真が一枚挟んであります」

警官は急に緊張した声を出す。横にいた刑事が保険証を受け取る。

「本人のものだな。名前は水島律子、年齢四十六歳、娘がいる。水島菜歩さん、すぐ連絡をとろう」

別の警官が電話に走る。写真はその場の刑事たちの間をまわされた。母親と年若い娘が

掲示板をバックにうれしそうに写っていた。

「近くにいた人たちの話だと、被害者の女性は前の少女をとっさに庇ったようだったと言っています。その少女もショック状態でしたので、一応病院に運びましたが、少し腕に擦り傷があるだけの軽傷です。彼女の持ち物もここに。オレンジ色の帽子とポーチです」

警官は説明を続けた。

「犯人の手首はどうなったんだ」

「それも今、縫合手術に向かっていますが、何かひどく喚いているようです。うまく合わないかもしれないという話です」

「どういうことだ」

『自分の意志通りに動かなくなるかもしれないようです。そこが難しいようなんです」

舞台にはやわらかい光が満ちていた。合唱団員たちが順次入ってきて中央に並んでいく。菜歩は言っていた通り、指揮者横の前列にいる。イヤリングが光っている。菜歩の表情は真剣だ。家では見たことのないような緊張した目をしている。指揮棒に集中する。わたしは厚いドア近くの通路に立って見ている。落ち着いて座ることなどできそうもないのだ。

舞台も客席も指揮棒の先に出てくる声を待つ。

ゆるやかに旋律が流れ出す。ソプラノが細く上昇し、男性低音が渦巻いて一つの音に澄んでいく。菜歩の細い肩に続くその胸には二十一歳の女性の弾みがある。この間までまだ子どもだと思っていたのに。やっぱり胸に熱い固まりがこみ上げてくる。わたしの音楽は、菜歩によって生命を与えられていた。

ホールの大窓から差し込む光は舞台の上で、交叉している。斜めに、あるいは格子に交叉し、それがたゆたいゆらめいて広がっていく。その様子は、子どもの頃見慣れたあの家の障子から差し込む穏やかな光と似ている。雨が白く煙のように降ったり、また日が輝いたりするように暖かな日射しは強弱をつけ、交叉し合い、ゆらめく。なんてやわらかな時間があそこにはあるのだろうと、わたしは思った。

いつのまにか、大窓の向こうに海が広がっていた。青々と果てもなく続く海だ。果てもなく深く、果てもなく広い海だ。どこからか海の匂いがすると思っていたのだ。

ふと、わたしの横に人が立っているのに気づく。若い男性だった。

「もう乗りましょうか」

彼は穏やかに言った。わたしはまっすぐに運転手を見た。きれいな眉と、やさしい目元をしている。けっこうハンサム、わたしは呟く。

「あなたの声を初めて聞いたわ」

彼は頷く。

「海を走るの」

「ええ」

「静かな海ね」

「とても静かですよ」

もう戻れないのだ。わたしはもう一度あふれる海を見た。

「菜歩っ、なほっ」

大声で娘の名前を呼ぶ。だれにも聞こえてはいない、菜歩にすら。それでもわたしは菜歩にむかって手を振った。何度も大きく手を振った。

拍手が遠く後ろに聞こえた。鳴り止まない拍手だった。

六分後に追いかけて

窓の外に、タチアオイの花が揺れている。ピンクと白の八重の花が、丈高い茎に縦にコサージュのように並んでいる。六月の朝。台所の窓からレースのカーテンを揺らして入り込む風は、湿気を含んでいるが、きれいな花の色を映しているような気がする。

蕗子《ふきこ》は、ダイニングテーブルを挟んで向かい合う、六年生の理沙の声を聞いていた。澄明な水のような声だ。

「お兄さんが午前7時30分に２km離れた駅に向かって歩いて出発しました。が、その6分後に忘れ物に気づいた弟が自転車で追いかけました。兄が歩く速度は時速4.2km、弟が自転車をこぐ速度は時速7.2kmです。弟が兄に追いつくのは何分後で、家から何メートルの地点ですか」

理沙は五年生の二学期から学校に行けなくなった。

蕗子は、頼まれて勉強をみることになった。小学校教師を三十余年勤めて、停年までにはまだ五年を残し、早期退職に応じたばかりだった。

「文章題はね、図に描いてみるとよく分かるよね。理沙ちゃん、絵を描くの得意だったよね。家と駅と、まず描いてみようか」

理沙はすぐに几帳面に、尖った鉛筆を動かす。窓に庇までついた一軒家が建つ。

この子の家はどんな家なのだろうか。蕗子は理沙の鉛筆の先を見つめる。十五階建ての高層マンションか、古い木造の屋敷なのか。そこに兄妹はいるのだろうか。両親は仲良いのだろうか。理沙は六年生にしてはきゃしゃで顔色もよくないが、いつも大きなリュックを背負って歩いてやって来る。

蕗子は、理沙の踏み込んだ事情などほとんど知らない。学校へ行かなくなったと、若い母親が付いてきて説明しただけだ。母親の表情からは何も伺えなかった。教師を辞めた蕗子も敢えては訊かなかった。横に立っていた理沙の視線は、咲きそろったパンジーの上でゆれていた。

「さすが、理沙ちゃん。素敵な家ね。そこでね、お兄さんが出発して六分間は一人で歩いてるんだわね。これは、速さと距離と時間の問題よね。一定の道のりだと、速く走るとかかる時間は少なくなるよね」

理沙はこくりと肯く。

「そうだ、大切なことをまず片付けておかないとね」

「分速に直す」

理沙は素直に答える。

「よく覚えてたね、その通りよ」

蕗子は笑いかける。理沙の見開いた目がうれしそうだ。

遅れていた勉強はすぐに取り戻せた。元より利発な子だった。今のこの時間を一緒に大切にすることが、自分に与えられた仕事なのだ、と蕗子は思った。この子はいつか自分に力をつけて、飛ぶ羽を準備するしかないのだ。

「お兄さんは、何か大切なものを忘れたのね。で弟が追いかける。こういう問題、旅人算っていうのよ。旅人を追っかけたり、めぐりあったり――」

理沙は自転車に乗っている弟の絵をすばやく描いていく。足の長い少年だ。髪を後ろになびかせる。スピード感を出したいのだろうか、それがうまくいかないらしく、何度も消しゴムを使う。

「いいなあー」

理沙が呟く。「うん？」と蕗子は待った。

「忘れ物もって、追いかけてくれるなんて、どんな弟なんだろう」

蕗子は黙って見守る。

退職してみると、蕗子は家で一日中一人きりだ。こうして理沙の勉強をみていなければ、人と接する機会もあまりない。ゆっくり絵が仕上がるのを待とうという気になる。

ふと、気づくと、理沙のノートの道を人が歩いている。1センチに満たないアリ粒ほどの大きさだが、中年の男性だ。まっすぐ前を見、しっかりした足取りで歩く。旅人算の兄の横もすり抜けていく。

「きっと、仲のいい兄弟なのよね」

蕗子はその男を目で追いながら言った。男は半袖のカッターにブルーのネクタイを締めている。鉛筆で引かれた一本の道を、駅に向かっていく。不意に、描かれた小さな家のドアが開く。蕗子はただ驚いて見つめる。家から一人の女が出てきた。と、鍵もかけずにすぐに駆け出す。つっかけたサンダルが脱げそうなほど慌てている。髪は朝起きたまま。ハアハアと息が上がっている。

「この弟はね、お兄さんはもう帰ってこないって、恐れているのかもしれない」

理沙の声に、ぎょっとして目をしばたたくと、ノートの上の男女はかき消えていた。我に返ると、理沙もどこからか戻ってきた目をして、鉛筆を持ちかえる。

蕗子は、喉に引っかかっていたものを払うように、咳をする。

「弟がお兄さんを追いかけて、家を出るとき、二人の間はすでにどれだけ離れているのかな。そのあいている距離を、自転車とお兄さんの速さの違いでだんだん縮めていくと考えればいいよ。ゼロになったときが追いついた時ね」

理沙は、ノートの絵を見つめて考え始める。再び、蕗子の目の前にふうと二人の男女の輪郭が立ち現れる。

男は歩き、女はそのはるか後ろを懸命に走る。駅が近づく。男は一瞬振り返るが、追いかける女の姿なんか見えないようだ。女は叫ぼうとする。男の名前を大声で呼ぼうとし、しかし寸前に思いとどまる。女はますます引きつった形相で走る。はげしい鼓動が聞こえる。

「あ、分かった」

理沙は小さく声をあげ、絵の下に式を書き始める。

蕗子が答えると同時に、男女の姿は足元からノートに吸い込まれていった。

「そう、そう」

「先生、ふたり、出会えてよかったです。こんな問題作るのは、きっとやさしい人ですね」

理沙の改まったことばに、蕗子は笑いだす。

「そんなはずないわ。それは、そういうふうに考える理沙ちゃんがやさしいだけよ。問題作る人はね、どうしたら生徒がうまくひっかかるか、いつだって頭ひねってるのよ。それにまだ、二人が出会えるかどうかは分からない。駅まで２㎞っていう限りがあるんだからね。入試なんかになったらね、そこにも落とし穴が用意されてる場合もあるのよ。駅を越えてしまう。つまり追いつかない。ほんとうに意地悪なのよ」

蕗子は思わず力を入れて、世間の意地の悪さを教えようとする。やさしい、ということばに妙に反発する自分も感じる。

理沙は静かに聞いている。こんな風なもの言いは、彼女の気持ちを閉ざしてしまうかもしれない。蕗子は少々反省する。おそらく、理沙の周りの大人たちはみな、世の中はこういうものだという押しつけをただ一つの正義のように、この子に教訓しただろうから。

蕗子は、空気を変えるように、

「理沙ちゃんは、だれかを追いかけたことはあるの、忘れ物じゃなくても」

と訊く。

理沙は窓辺に視線を泳がせてから、ゆっくりと首を横に振る。

「そうなの……」

「先生は――?」

自信のない目が蕗子に向けられる。

わたしは――と答えようとした瞬間、さっきの絵の中を走る女が自分だったのではないか、と気づかされる。おぼろげな記憶がしだいに確かな線書きになって迫ってくる。そうだった、わたしは、追いかけて走ったことがある。

ずーっと遠く、何年分もの朝夜の光と影が重なり離れ、封印した時間が突然吹き上がり巻き戻されていく。

あの、夏休みになったばかりの日曜日の朝。食卓のマグカップ。回る扇風機。風にめくれるカレンダー。麻の暖簾。テレビの天気予報。

教員である蕗子と夫は、互いに一学期の終業式を終え、急に緊張感がほどけた残がいをそこらじゅうに投げ出していたはずだった。

蕗子はパジャマのままで、夫のために弁当を詰めていた。普段は蕗子が先に家を出なければならず、弁当を作る暇などないことが多かった。

夫は、夏休みだというのにネクタイを締めていた。爽やかな水色の麻混のネクタイだった。公立高校の数学の教師だった。サッカー部などというメジャーな部の顧問をしているために、休日のほとんどは試合か練習に消えてきた。蕗子は、その日夫がいつになくぐずぐずしているのを、夏休みになったからだろうと思っていた。集合時間がきょうは少し遅いのだろう。

が、出かける用意がすべて調った夫は、唐突に言った。

「きょうから帰らない」

蕗子はいっしゅん、それをどう考えたらいいのか、分からなかった。頭の中が、真っ赤に燃え、同時に真っ白に溶けだすようだった。

「あしたは」

声が震えるのを感じながら、何かを避けるように冗談めかして訊いた。

同じサッカー部の顧問になった若い女の先生からいろいろ相談を受けていると、初めて蕗子に話したのは、一年ほど前だった。やさしすぎる人で、ほうっておけないよ、とも言った。それから二、三度話に出てきた。「やさしすぎるって、どういうこと」、訊こうとして紛れてしまった。気持ちが繊細だということなのか、愛情にあふれているのか——。彼女は生徒の指導のことで悩んでいるようだった。蕗子の中で、若い肢体と、弾む笑い声が浮かんだ。夫は四十三歳になっていた。毎晩のビールでお腹も出てきている。額の生え際も頭頂部も薄くなっている。肌の張りもない。そんな中年のおじさんが本気で相手にされるはずもない。冗談半分に違いない。そのうち、迷いも幻想も消えてしまうだろう。変につつかない方がいいのだ、と蕗子は考えた。教科の研修旅行も、学年旅行も、大学の先輩と飲んでそのまま泊まり込んだのも、何も疑わなかった。

「あしたも帰らないんだ」

「あさっては——」

「あさっても」

「しあさって……」

「しあさっても」

「いつ……、帰るの」

「……」

「ずっと帰らないの」

蕗子は、「帰らないの」と訊かなければならなかった。

「ずっとだよ――」

夫は何かを、おそらく謝りのことばを言いかけ、だが、何も言わずにダイニングを出ていった。蕗子は動けなかった。口の中が乾ききっていた。

一分、二分……。

夫が玄関に向かっている気配が、ガラス扉の向こうにした。玄関ドアに付けてある鈴が、柔らかな音色をたてる。蕗子は、床に座りこんでいた。

三分、四分……。

突然立ち上がると、蕗子はパジャマを脱ぎ、きのう着ていたTシャツとスカートに大急ぎで着替える。

テーブルの上には、夫の弁当が、藍染め木綿のナプキンに包んだまま置いてある。

その弁当包みを掴むと、蕗子は玄関までも走り、サンダルを引っかけ、駅へ追いかけた。

夫の姿は、すでに見えなかった。

まだ朝早く、空気は重くはなかったが、それでも蕗子の体はすぐに汗だくになった。息が上がり、足がもつれた。しかし、決して止まらなかった。ただ懸命に夫を追いかけた。追いかけて、走った。弁当を右手に掴んで、髪も服も後ろにちぎれていく思いで走った。足が追いつかないなら、夫の名前を大声で叫ぼうと思った。が、引きつった喉からは悲鳴のような息しか出てこない。

道路横の畑には、いくつもの茄子が艶やかな紺色で下がっていた。大小のトマトは頬を合わせて色づいていた。いつも見慣れた景色だった。

なぜ、あのとき弁当なんかを夫に渡そうとしたのか。後になって蕗子は、何度か問い返した。せっかく作った弁当が、忘れられて置き去りにされているのは、いつだって辛いものだ。まして、昼食をどうするのだろうなどと思ってしまうと、どんなにけんか状態でも届けてやりたい気持ちにかられる。けれど、それが最後なのだったら、夫に渡すものは、もっと他になかったのだろうか。弁当を走って持っていって、目の前に突きだしたところで、夫は苦笑いするだけだっただろう。

結局、だが、追いつかなかった。蕗子は追いつくことができなかった。電車はすでに駅を離れ、夫はその電車に乗っていった。それからすでに十四年が経つ。

気がつくと、理沙は次の問題を解いている。蕗子の視線を感じたのか、目を上げるとまっすぐ見つめてきた。だが、何も言わない。

「理沙ちゃん、答合わせしようか。きょうは追っかける旅人算、クリアするよ」

理沙は頷く。

お昼までのマンツーマンの授業が終わって、理沙を送って外へ出る。強い日差しに射抜かれて、二人の影は足元に縮んでいる。

「きょうの旅人算、これから実際にやってみようか。二人の速度は前に速さの勉強したとき測ったことがあるしね」

蕗子の提案に、理沙は驚いて見上げる。

「理沙ちゃんがここを出発して六分後にわたしが追いかけるわ。今回は自転車でね」

「じゃ、忘れ物をします」

「そうね、忘れ物。何を忘れる」

路子は笑って訊く。理沙はしばらく考えてから、リュックのポケットを探る。

「家の鍵を」

「鍵。あ、お母さん、お仕事なのね」

理沙は頷かなかったが、蕗子はそれ以上訊ねなかった。

「でも、お家の鍵はまずいかな、何か他のものは」

蕗子は言って、クラゲのマスコットを預かった。

「理沙ちゃん、駅前じゃなくて、植物公園の前を通っているの」

「はい」と理沙は答える。

植物公園と呼ばれている、戦災を免れた広大な緑地があるのだ。全国から集められた様々な樹木が生長し、四季の花も咲きそろう。その、公園の前の道を歩いているのだろう。

「分かった。じゃ、出発っ」

理沙は「行ってきます、さよなら」と、律儀に礼をすると、リュックを背負って歩いていく。

日除けがいる。帽子か日傘か、どちらがいいか。六分間だ。早くしなければならない。

蕗子は青いクラゲのマスコットを握りしめ、自転車を準備する。そうだ、と思いつき、台所に戻ると、冷凍室からアイスを二本取り出して、保冷バッグに入れる。

理沙の足だから、すぐに追いつくだろう。蕗子はそう思いながら、UV帽子を被り、さらに日傘を差して自転車に乗る。

だが、六分という時間は結構あるようだ。理沙の姿は視界にはすでに残っていない。懸命にペダルをこぐと、たちまちに首筋を汗が伝ってきた。

植物公園の入り口が見えてくる。理沙の姿はまだ先のようだ。公園の中は緑陰があって、気持ちいいだろうと思いながら、自転車で通り過ぎようとしたとき、

「先生っ」

突然の声とともに、目の前に理沙が現れた。危うくぶつかるところだった。

「あらまっ、理沙ちゃんっ」

蕗子は前のめりになっていた自分の体ごとブレーキをかける。

「待っていたの、こんなところで」

理沙は小さくなって下を向く。公園入り口に咲く紫陽花の陰で待っていたのだ。

「先に出かけた人が、途中で待ってるなんて、そんな問題ないなあ。あれば、なかなかおもしろいけどね」

蕗子は笑って汗を拭く。

「難しいですか、その問題」

「そうね、ややこしいね。待っているのを知らずに行き過ぎてしまうとかね。それこそ意地悪問題よね」

理沙は神妙に聞いている。

「はい、理沙ちゃんの大事なお忘れ物」

と言ってクラゲを手渡すと、蕗子は理沙を誘って公園の中を行く。もう蝉が鳴き出している。これから梅雨を抜けなければならないのに、と思う。雨に濡れた蝉を想像するのは気が重い。木陰のベンチに座る。並んで、棒付きアイスを食べる。見る間に溶けてくる。花壇には、まだバラの花々があふれている。

「実はわたしもね、お弁当を持って追いかけたことあるの。もう十五年近くも前かな」

「先生の、子ども、さん、のお弁当」

「子ども」ということばに敬語を付けることに戸惑いながら訊く。

「ううん、夫のよ。駅まで走ったの。その頃自転車はなかったから。でも、追いつかなかった」

「せっかく作ったのに、残念だなあ。どんなお弁当……」

「覚えてるのよ、そのお弁当だけは。卵焼きでしょ。ニラ入りのね」

「ニラ入り卵焼き」

「それから、とりの唐揚げ。ごぼうと人参のきんぴら」

「とりの唐揚げときんぴら」

理沙の目に弁当箱が描かれているようだ。

「そして、イカのマリネ。ご飯は梅干しのおにぎりを四つ」

「おいしそうー。食べたかったでしょうね、先生のオット、さん。きっと、忘れたこと後悔したでしょうね」

「そうね、もし食べていたら、変わっていたかもしれないね」

不思議そうな理沙の表情に、蕗子はただ笑いかける。

「さて、アイスもなくなったし、帰ろうか、理沙ちゃん。公園の入り口でお見送りしてるよ。次はあさっての昼からね。今度の算数は旅人が出会う問題しようね」

理沙は、水色のリュックを背負って、公園の道を帰っていく。蕗子は自転車の向きをゆっくりと変える。

旅人は一人で歩きだすのだ。先行きに不安を感じながらも。しかし、追いすがって来る人がいたら、心を動かされて留まるかも知れない。行くのをやめるかも知れない。そうして、引き留められるのをどこかで待っていたかも知れない。その地に一生、平穏に暮らしていくかもしれない。

追いつかなかったのだ。追いつけなかったことが宿命だと蕗子は思った。数分間という二人の間に隔たった距離を縮めることができなかった。

初めてひとにあの弁当のことを話した。なぜか、理沙にするすると話してしまった。

あの渡せなかった弁当は、どうしたのだったろうか。記憶の底に埋めたはずのものが、静かに浮き上がってくる。持って帰って、一度は包みをほどき、始末しようとしたはずだ。だが指は動かなかった。徒労に終わった自分の行為を、徒労だと認めたくなかったのか――。

蕗子はため息をついて、そのまま置いておいた。真夏に、たちまち変質し腐敗するのは分かっていた。一週間もたった頃、おそらく何枚ものビニール袋に入れ、テープで巻き、保冷箱に詰めて押入れの奥に押し込んだ。その押入れの戸を開けるたび、指先に走った震えを覚えている。数カ月も後に、ふいに異臭がしてうろたえた。それが、あの弁当が原因だとは言い切れなかったが、蕗子は取り出してみなければならなかった。保冷箱の中で腐乱しきった弁当と弁当箱が、まるで隠蔽した死体であり、それを見届けるように。蕗子は殺人者のように見つめ、目を逸らした。たしかに、わたしは殺したのだ、と思った。走って走って、追いかけたあの数分という時間を。腐乱した弁当箱をそのままゴミ袋にぶち込み、きつく口を縛った。嘔吐とも涙とも判別のつかないこみ上げてくるものが、いつまでも止まらなかった。

火曜日の午後は、めぼしいスタジオレッスンがないせいか、フィットネスジムは空いている。受付の若いスタッフも、ストレッチをする中高年の男女も気怠そうな目をどこへともなく向けている。

蕗子は二十分近くランニングマシンを動かして、ようやく噴き出てきた汗を、首にかけたタオルでぬぐった。目の前は全面鏡だ。七台のランニングマシンの他、腹筋や上腕、下肢などの筋肉を引き締める機械が並んでいる。退職したら運動不足になるからと、同僚に強く勧められて入会した。出かける場所を一つぐらい確保した方がいいかとも思った。

勤務先で使っていたトレーニングウェアの上下を着て、流れ続ける走行ベルトの上をひた走る。客観的にはそれは全く歩いているとしか見えない。だが、蕗子の気持ちはいつも走っている。走っても走っても終わらない無機質な道だった。どこにも行き着かない。ただひたすら、時計と歩数計だけを見て走り続ける。何十分、何千歩走ったところで、右左と足を繰り返し出しただけで、実際は一歩も前になんか進んでいないのだ。ふと、モルモットのケージにも似たようなものがあったと蕗子は思う。彼らは、一生出られないカゴの中で、どんな気持ちで走っているのだろうなどと、答の出ないことを考えている。

全面鏡に、隠れようもなく映ってしまっている自分の顔を、他人のように眺める。こんな顔だったろうか。年々、自分が思う顔と違っていく。皮膚がたるんだせいで、目尻がいっそう下がっている。淋しい顔だ、と蕗子は初めて思った。遺棄されたんだもの、と鏡の向こうの自分が苦笑いしている。

夫が帰らなくなって、何日経った頃か、突然電話がかかってきた。夫が勤める高校の校長からだった。

「たった今、辞表が送られてきたんですよ」

と校長は言った。

「辞表って――」

蕗子は遠くの雷鳴を聞く気がした。

「奥さんには申し訳ないんですが、こちらも困ってますのでね、来ていただけませんか。是非、早急に」

受話器を置こうとしたとたん、その雷は一足飛びに蕗子の体を走り抜けた。夫は、退職するのだ。

夏休みの校舎は、夏期講習やクラブ合宿などあるものの、がらんと乾いていた。蕗子は、なるべく他の職員と顔を合わせないように、校長室だけを目指した。

初対面の校長は、神経質そうに腕組みをしていた。蕗子の夫と若い女性教員とのことは、知っているようだった。知らなかったのは、妻であるあなただけだと言われたら、何と答えればいいのか蕗子には分からなかった。だが、校長はそのことには触れなかった。それよりも、

「大至急、代わりの先生を見つけなければなりませんしね、数学科準備室も、職員室の方も机を空けていただきたいのですよ」

管理的な事柄で、手一杯のようだった。

「全部処分してください。構いませんから」

路子は顔を上げて言った。

「いや、そうはいかないのですよ。本校にもう十年近く勤務されていますからね、私物も相当ありますよ。勝手に我々は処分できません。奥さんにやっていただくほかありません」

「あのう、辞表には何か、書いてありましたでしょうか」

「いや、一身上の都合で、としか。ご覧になりますか」

目の前に突き出された辞表を、拒否もできずに受け取る。見慣れた夫の文字が並んでいる。これをどこで、どのようにして書いたのだろうか。

「あの、本人の住所とか、連絡先は分かりませんか」

そんなことを訊いている屈辱感がせり上がってくる。

「何も書いてませんね。それが分かれば、私の方も苦労はしないんですがね」

職員室の夫の机は乱雑だった。プリントや、テキストや、問題集、様々なチラシや封筒が雑多に重なり合って、いくつもの山を作っていた。辞めようとするものが、こんな状態のままに放っていくだろうか。夫は悩んでいたはずだ、と路子は思った。直前まで迷っていたに違いない……。そう、きっとあの日の朝までも。

用務員さんに段ボール箱をもらって、どんどん捨てていく。部屋を出入りする教職員は蕗子に気づくが、誰も何も言わない。何も言うことばがないのは、蕗子も同じだった。次の先生が使うだろうと思うもの以外は、一切合切を捨てた。平面になった机を雑巾で拭く。重い段ボール箱を用務員室まで運ぼうとすると、横からひょいと持ち上げられる。同僚の先生なのだろうか。無言で目礼してくる。蕗子も黙って頭を下げる。

暗い、そこだけは湿り気のあるトイレ前の廊下を歩いていく。まるで、身内の遺品を引き取りに来たような重苦しさが、廊下に長くしみをつくっていた。

それから数カ月経ったある日、蕗子は銀行の預金残高が跳ね上がっているのに気づいた。驚いて調べると、夫の退職金が振り込まれていたのだった。

「こんなもの、いらないわっ」

思わず通帳を投げ出す。どういうつもりなのだ。肝心なことは何も言わないで、突然出ていって、お金だけを振り込むなんて。勝手だ。卑怯だ。傲慢だ。弱虫だ――。ことばがなければ伝わらないのよっ、蕗子は叫んだ。どこからも答はない。

しかし、結婚の時も、同じだったと蕗子は思い当たる。何もはっきりした宣言などなかった。

学生結婚だった。大学の卒業前日に二人で市役所に婚姻届を出した。式もパーティーもしていない。それがいいのだと思っていた。二浪していた夫は、蕗子より二歳上だった。プロポーズのことばなんてなかった。そういうところは曖昧に、何となく了解して、同棲し結婚した。まるで日本語には、そんなことばは存在しないようだった。

けれど、二人はいつも楽しげに生活していたはずだった。最後まで、平静で波風の立たない小さな家庭だった。子どもはできなかった。父にも母にも変身できない夫婦だった。

夫は、蕗子を嫌いになったとも、別れたいとも言わなかった。何もうち明けずにただ出ていったのだ。

大切なことを、ことばにして言わなかった夫に、夜中に急に怒りがこみ上げてきて眠れなくなる。それを見抜かなかった自分、許していた自分もはがゆい。十年以上共にいて、ほんとうの気持ちを何も分かり合っていなかったのだろうか。自分は夫のどこを見ていたのだろう。

離婚届を渡そう、と蕗子は思った。お金と一緒に叩きつけたい。しかし、夫の居所は分からなかった。行方知れずの人に、離婚届を送りようがなかった。

蕗子は年休を取って、駅前のビルに入っていた小さな弁護士事務所のドアを押した。こんな間の抜けた話を相手にしてくれるものだろうか。

応対に出たのは、若い弁護士だった。衝立で仕切られたテーブルで、滑らかではない蕗子の話を聞き終わると、彼は言った。

「それは、アクイノイキ、そしてフテイコウイに当たると思います。相手の方が行方不明であるのでしたら、公示送達ということで、裁判にかけます。手続きなど半年程度、日数はかかるかもしれませんが、離婚はできますよ」

「アクイノイキ、アクイノイキ……」と蕗子は頭のなかで繰り返していた。そうして、おそらくそれは「悪意の遺棄」なのだろうと理解した。夫の行動は、「悪意の遺棄」「不貞行為」という法律用語で括られるのか。世の中には同様のことが珍しくないのだろうか。蕗子はその、人間の所為を言いまとめる法律の四字熟語をしばらくぼんやりと考えた。あの人の悪意とは何だったのだろう。わたしの幸せに反すると分かっていて、「捨てた」ということなのか。そしてそれは、若い女性との恋の達成には不可欠なことだったのか。

「公示送達というのは、相手の住所が不明で送達が不可能なときに、裁判所の掲示板に貼りだして知らせたこととなるわけです。裁判所での判決で離婚が確定するのですが、当事者がいないこの場合は、離婚原因など立証するため、証人尋問、つまり原告本人尋問があるかもしれません。そうして、判決の書類、正しくは、判決謄本と判決の確定証明書ですが、それを持って市役所に行き、届ければいいわけです」

淡々と説明する弁護士の表情は穏やかで、その声は何者も責める響きをもっていない。蕗子の目に、一枚の用紙が揺れる。それは、夫に向けて離婚訴訟を通告している。夫が見ても、見なくても、静かに厳然と呼びかけている。多くの人は気づかないだろう裁判所の掲示板で、風に吹かれ揺れ続けるその紙を想像して、十四年が経ってしまった。

あの日、結論を保留して弁護士事務所を出てから、年月は折り重なって過ぎていった。その公示送達の用紙は、蕗子の思いの中でいつのまにか、雨に濡れ、日に照らされ、色褪せ、端がちぎれて、けれど今なお、風に揺れている。

蕗子はランニングマシンの終了のボタンを押す。一分間、クールダウンでゆっくり呼吸を整える。今の運動の距離と消費カロリーが表示されている。この距離はどこにも繋がっていかないのだな、と改めて蕗子は眺めた。

帰りに、おいしい豆腐でも買って帰ろう。首のタオルをはずしながら、蕗子はマシンを降りる。

翌日の午後一時、理沙はいつも通り遅れずやってきた。だが、どことなく元気がない。普段も大人しい子ではあるが、それでも六年生の弾みのようなものは伝わっていた。「どうかした」訊こうとして、蕗子はやめる。理沙はきっと答えるのに困るだろう。蕗子は代わりに理沙の肩からリュックを下ろしてやる。

「よく来たね」

国語、理科を終え、三教科目として算数を始める。と言っても、学校のカリキュラム通りではない。教科の枠も内容も、本人の興味と成り行きで変わった。学校でも塾でもない空間だった。

「きょうはね、旅人が出会う場合の問題よ。例えば、池の周りね。二人が反対方向に歩いていって、どこかで出会うわけ」

「出会わない、答無しってありますか」

理沙が小声で訊く。

「この問題で、答無しはまずないわね。時間が限定されてたら別だけど」

そうだ、いつも時間が邪魔をするのだ、と蕗子のどこかで囁く声が聞こえる。誰もが限りある時間を持たされて行動し、生きている。その場所で永遠に待っていることなどできないのだ――。

「注意しないといけないのはね、今度は、互いの速さを加えた速度で近づくということよ。つまりね、時速６kmの人と４kmの人がいたら、合計時速10kmでどんどん近づいていくわけね」

理沙はまた、池の絵を描こうとしたが、それよりも先に式ができ、問題を解いていく。考え方さえ分かれば、多少難解な入試問題でも、きれいに料理できた。

予定通り授業を終わると、蕗子も理沙と共に家を出る。

「さて今日は、植物公園で、出会う旅人ごっこしようか」

「もし会えなかったら――」

理沙は初めから不安を隠さない。

「会えるに決まってるよ、絶対。円を廻るんだから。ただし、今日は待ってたらだめよ。前に進まなきゃ出会わないよ。どんどん前に歩くと、早く出会う。ね、やってみよう」

理沙の表情は、まだ乗り気ではなさそうだ。

「大丈夫かな――」

広い植物公園には、ちょっとした並木道も、噴水も梅林もあった。それらを巡って道が続いている。ゆっくりでも、三十分程度歩けば一廻りができる。

公園内の道の真ん中に立って、蕗子は言った。

「ここから、理沙ちゃんは右へ、わたしは六分後に左へ行くのよ。おそらく二十分足らずで反対側で出会えるわ」

「ほんとうに会える、先生」

「大丈夫。道をまっすぐに行けばいいの」

不安の塊になってしまっている理沙に、無理やりのように押しつけている気がする。やはり、取りやめようか、とも思う。が、

「だ・い・じょう・ぶよ。大丈夫」

蕗子はもう一度大きく頷く。

「分かれ道があっても、みんな小道だから、分かるよ。理沙ちゃん、自分を信じればいいのよ」

理沙は後を振り返り、振り返り出発していく。蕗子は手を大きく振る。

「すぐ後でねっ。会ったら――」

言いかけて、きょうはアイスを忘れてきたのに気づく。帽子を被るだけで出てきてしま

った。

蕗子は両手を組んだまま伸びをする。梅雨前線が弱いらしく、沖縄より東には、まだ梅雨入り宣言がない。その代わりというように、蕗子の頭上からは休みない蝉の声が降り注ぐ。

理沙はどこまで行っただろう。蕗子は、水色のリュックを背に、先行きに怯えながら一人で歩く理沙を思った。蕗子の経験からいっても、子どもというものはこんなたわいない冒険でも飛びついて乗ってくるはずだった。しかしそれは、信頼感情があるからだ。自分自身に対して。そして、おそらく見捨てることのない大人に対しても。

「では、旅人B、出発っ」

蕗子は正確に腕時計の針を確認すると、かけ声をかけて歩き始める。

成長した木々が枝を伸ばす道は、暑くても息苦しくはない。つい先月初めには柔らかな新芽に覆われていたのに、すっかり艶やかな緑が定着している。だが、木によってその色合いは微妙に違うものだ。蕗子は、様々な緑のグラデーションを眩しそうに眺めて歩いていく。こうして光を感じること自体がとても久し振りに思える。自分は今、ほんとうに昼間の道を歩いている。その不思議な感覚に、立ち止まりそうになる。

もしかしたらあの日以来、ずっと夜だったのかも知れない、と蕗子は思った。ずっと夜のなかで歩き、働き、生活していたのだろうか。まばゆく輝く水田の緑も、真っ赤なトマトも、プールの水しぶきも、目を転じたら深い闇が貼り付いていた気がする。遮光カーテンの黒糸のように、通奏低音のチェロのようにずっと夜の翳りは裏打ちされていた。ずっと夜だった。ただお祭りの電球のように明かりを灯していた、偽物の朝と昼と、そして本当の夜をずーっと過ごしてきた。夜の夢の中を、歩き、電車に乗り、笑い、買い物をしていた。

それがなぜか今、蕗子が目にし、感じる光は、何ものも隠さず公園じゅうに溢れている。蕗子は力をこめて足を前に出す。一歩は土の上に一歩を刻んでいく。走行ベルトとは違う。ガクアジサイが清楚な白い花を空中に散らしている。葉の上に小さな花を乗せるハナイカダも見つけられる。ひとかたまりの風が通り、大木の何千枚もの葉がいっせいに波立つ。蕗子はその波を見上げ、深く息を吸う。

前方のバラ園の横に、小さな案内板があるようだ。そこで、はたはたと揺れている紙が、さっきから目についていた。小さな屋根はあるものの、雨晒しになったままだ。近づくにつれ何だか指先が固まってくる気がする。そんなところにあるはずもないが、例の公示送達を思い出す。

夫に向けて貼り出された、離婚訴訟の公示送達を思い描きながら、それを実行に移すことはなかった。夫が帰ってくるのを待っていたのだろうか、と蕗子は自分の心を覗き込む。そうかもしれない、と素直に答える心に被せるように「まさか」と声に出す。ただ、「悪意の遺棄」ということばにいつまでもこだわっていただけなのだ、と。

案内板の前まで来て、外れかけたピンを上からしっかりと押さえてやる。

蕗子はもう一度目の前に、真新しい公示送達を表出させる。そこにはくっきりと、黒いインクで蕗子の名、そして夫の名前が記されているはずだ。それを再度外れないように四隅を押して、蕗子は掲示板を離れて歩きだす。

ちょうど歩数で三十を数えたとき、蕗子は不意に立ち止まり、きびすを返すと急いで案内板に走り戻った。今、貼ってあったのは、公園の案内地図だったのではないか。なにか、おかしい。地図上の、理沙が歩くべき道を目で辿っていって、蕗子は一瞬頭を打たれたように息ができなくなる。間違っていた。

理沙は今、どこを歩いているだろう。スタート地点に戻って、理沙を追いかけるのはかえって時間がかかる。理沙のルートに、大きな分かれ道があったのだ。そうして、その道の方が本道よりも広い。蕗子が言ったように、理沙が自分を信じて迷わなければ、きっとその別の道を選んでしまうだろう。そして、そちらへ行ったら、街の外れの県道に出てしまい、蕗子と出会うことはない。

蕗子は走った。ただ前へ走った。理沙よりも先にその分かれ道に着くしかないが、それはオリンピック選手ででもない限り無理なようだった。それでも、一刻も早く走るしかない。ひょっとしたら、理沙は広い道を選ばないかもしれない。いや、広い道を行きなさいと言ったのは自分ではないかと、蕗子は自らに怒鳴り返す。

雲の中を走るようだ。体はふわふわと抵抗がなく、進んでいないような気がする。灌木の繁みをいくつもまわり、並木道を突き抜ける。もう出会ってもいい頃だ、と何度も思う。いない。

どこまで行っても、理沙の姿はない。あの子はやはり、道を曲がって行ってしまったのだろうか。

それも現実なのだ。そんな経験をさせるつもりはなかったけれど、迷うのも現実だ。きっとまた、すぐに探し出せるだろう。そしたら、抱きしめて、謝るしかない。世の中にはこんなことがあるのよ、理沙ちゃん。よく負けなかったね、と。それとも、六年生なんだからこんなことぐらい何でもないはずよと言うのか。しっかりしないと、中学生にも大人にもなれないよ。だが、あんなに心配していた、あんなに怖がっていた子に、そんな現実をなお知らせる必要なんてあっただろうか。理沙はますます心配性で不安な子どもになってしまうかもしれない。怖かった思いは、そして失敗した思いはずっと刻まれるだろう。

落葉樹の林を駆け抜ける。途中設置されているいくつものベンチが、蕗子の体を強い力で呼ぶ。そこに座る人も、すれ違う人も、この暑いのに顔色を変えて走る女を珍しそうに見ている。

林を抜けると、繁った梅林の向こうに噴水があるはずだった。蝉が鳴き続ける。その中に、理沙の声が聞こえた気がした。泣いているのかもしれない、危険な目に遭っていたら——。理沙に切り抜ける力があるだろうか。

梅の低い枝葉が邪魔で前が見えない。蕗子は聞き耳をたてる。やはり、蝉の声だけに過ぎなかった。が、ふと、枝と枝との間に、かすかに何か水色のものが見えた気がした。あれは、もしかして理沙のリュックではないだろうか。蕗子は、しだれ梅の枝先を、背を屈めてくぐり、視界を確保しようと焦る。たしかに、誰かが立って近づいてくる。噴水の向こうから、歩いてくる。

理沙だろうか……。

手を振っている。

「セ・ン・セ・イっ」

聞こえてくる。理沙だ。理沙に違いない。リュックを手にぶら下げている。蕗子は急いだ。

「理沙ちゃんっ」

理沙は笑っていた。近づくと、転んだのか、膝をすりむいて血を滲ませている。汗も拭わずに、意外にも声を立てて笑っている。

「先生、やっと会えたねっ」

この子がこんなに大きく口を開けて笑うのを知らなかった。そう思いながら蕗子は、気づくと自分も大声で笑っている。

「どうしてこんなに笑えてくるんだろうね、理沙ちゃん。何もないのにね」

「先生とわたし、ただ会えただけなのにね」

理沙はいっそうおかしそうに、お腹を押さえて笑った。

「会えただけなのにね、おかしいね」

日暮れはまだ遠い。六月の空に、木々の緑も蝉の声も吸い込まれていく。それらに理沙の笑い声が混ざり、蕗子の目に、今やっとのように、涙が滲んできた。

草の葉

土曜日の午後三時半。フィットネスジムの階段を上る。スタジオに一歩足を入れた果奈は、何を間違ったのかと辺りを見回す。意外にもよそよそしい空間が寝そべっていた。急に不安になって、靴ひもが解けそうな気分になる。

二週間前には人数制限が出る人気のプログラムだったはずだ。満員のあいだに潜り込んで、一時間近く汗を流し、体中に溜めてしまった嫌で、うっとうしい言葉や想念を解消しようとしていた。若い男性インストラクターの指示は淀みなく的確で、参加者は懸命に汗を飛ばして付いていった。

ステップ台という、人ひとりが足を開いて立つことができる樹脂製の黒い踏み台が、いつものように前二列十台並べられているが、そこには誰の姿もない。スタジオの隅に積み上げられていたステップ台を自ら抱えて、後列に置く人が四人。一人増えて五人。中年の男性と、中年の女性。そして七十代後半と見える人。

果奈はここでは今、三十一歳の自分が一番若いだろうと確信がもてた。どうしてたった二週間で、クラスの様子が変わってしまったのか。自分の前に誰もいないのでは隠れようもなく、果奈も後方の空間にステップ台を置いたまま、その上に腰かけて待った。五分経っても人は増えない。総勢八人。以前の五分の一である。

「では始めます」

出入り口が閉じられ、全面鏡の前壁に立ったのは、女性のインストラクターだった。参加者は床からばらばらばらと立ち上がる。

「担当の安立《あんりゅう》です。よろしくお願いします」

まばらな拍手が起こる。

安立インストラクターの声は低い。華奢な体の、片方の肩があらわに出たタンクトップに、腰をずらして穿いたふくれたパンツ。髪には赤っぽいメッシュが入っている。市が誘致してできた、半官半民のこの小規模なスポーツジムには、これまでいなかったタイプの外見のようだ。担当インストラクターが替わったための激減なのだろうか、と果奈はようやく理解する。けれど、受講人数がこんなに変化したのでは、インストラクターとしては衝撃だろう。離れるにしてもひどすぎる。わたしだったら耐えられるだろうか。どうするのだろうか。果奈はほかのことに意識がとられて、体を動かすことを忘れる。

テンポの良い音楽が流れ始める。

気が付くと、前列、インストラクターの正面にいつのまにか、赤いTシャツの男性が立って手を挙げている。腰周りのだぶついた肉が揺れている。が、案外若い人かもしれない。おかげで、果奈からは動きが見えにくくなってしまった。後ろに隠れたいと思いながら、視界が遮られるといらだつ、自分の身勝手を果奈は冷たく観察した。インストラクターは小型マイクを口の横に付け、そのバッテリーをズボン後ろに下げている。しかし、指示がはっきり聞きとれない。

「はい、次は左手まわします」

「はい、右足から上がって左足で下ります」

指示の言葉より先にインストラクターが動いているからついていけない。果奈は人気の無さの理由が少し分かる気がする。

「じゃあ、お水飲んで本番いきます」

安立インストラクターは、表情を少しだけゆるめて、自分も水筒の水を飲む。これまでのロックは準備体操だったのだ。

音楽が変わる。ギター前奏。パーカッションが刻むテンポが速い。

とつぜん安立インストラクターが、踊り出てくる。

「へーイ！　いくよーっ！　イェーイ！」

片手を振り上げる。さっきまでとは違う人間のようだ。

「オー」
二、三人が、かすれた声を出し、ほとんどが真似て遅れて手を上げる。果奈は声を出さないし、手も上げなかった。インストラクターはもう一度手を突き上げ叫んだ。
「元気なんかあいっ！　いっくぜー！　ウォーッ！」

受講者の声の小ささも反応の鈍さも無視している。音楽はマイケル・ジャクソンだ。

「今夜はビート・イット」。

「上がって降りる、あと一回。右からVステップ、あと一回。左からVステップ、もも上げ二回、左から」

音楽の音量にインストラクターも声を張り上げる。

「ソー、ビーレッ、ジャスト　ビーレッ」

歌いながら踊る。

果奈はすべての動作に一拍遅れでついていく。汗が流れ落ちる。

「手をつけて。右、左。向こうへ降りる。イェー、イェー！」

突然だった。マイケル・ジャクソンの大音量を上まわる音がした。崩れる音、男が床にころがり、頑丈そうなステップ台が二つにはずれて大きくずれていた。

果奈の手は空中を走り、無意識にそこに伸びる。気がつくと、男の腕をとっていた。汗に濡れて持ったひじが滑る。インストラクターも駆け寄ってきて赤いTシャツの太い腰を助け起こす。

「大丈夫ですか。痛いところはないですか」

男はインストラクターの問いに肯いて、ゆるゆると立ち上がる。髪の毛から首すじへ汗がしたたり落ちている。

会場にいる八人全員が止まって見ている。マイケル・ジャクソンだけが歌い続ける。

男が立ち上がると同時に、横の二人が手早くステップ台を元通りに組み立てた。男は何も言わず、ただそのステップ台の前に立った。かわりにインストラクターが言う。

「すみません。ちょっと水を飲んで、ゆっくりやっていきましょう」

再開後、動きはトーンダウンしたが、安立インストラクターの叫びは変わらない。

「イエ、イエ、イエーイ！」「ウォオ、ウォオ、ウォー！」

果奈は、パートで勤める山下クリニックが休診の、木曜日と土曜日の二日間、午後の二時間をこのジムに来ていた。

ホールのベンチで湧き起こる女たちの話し声は建物中を覆う。待ち合わせて帰る夫婦らしいカップルもいる。果奈はだれとも話さなかった。話しかけられることもない。一人で、スタジオの運動に目立たないように参加し、汗を拭き、水を飲むだけだ。終了後シャワーも風呂もあるので入っていけば、週二回分風呂代が節約できる。

シャワーを浴びながら果奈は考える。来週、またあのステップ昇降のクラスは人数が減ったりするのだろうか。それで二、三人とかになったらどうなるのだろう。再び担当者が替わるのか、プログラムが中止になるのか。

ジムを出ると、徒歩で二十分余りをいく。途中のコンビニに寄ることもできる。

歩くうちに来週もきっと自分は来るだろうと思えてきた。ガラ空きが、そういやな感じではなかった。隠れようもないのだが。あの赤いシャツの男性はくつ先をステップ台にひっかけたのだ。疲れてきて足が上がらなかったのか。すぐに飛んで手を伸ばして救援しようとした自分自身の姿が再現されてきて、果奈は苦く笑った。いつの間にか職業病かなー。

出てしまうな。

果奈は勤務する病院を転々とかわってきた。何かいきづまると辞めようと考える。何にいきづまっているのか自分でもはっきりしないことも多かった。患者の家族が怖い。廊下で面会家族とすれ違うのも苦手だった。笑い顔になれない。急に近づいてこられると、体中の神経の先端が向きを変える気がした。「逃げてはダメよ」婦長から言われたことばは、ずっと背中に貼りついている。

六月の風が吹く。日が長い。水の張られた田に、まだ細い苗が一列に揺れ続ける。その揺らぎと水面の波が果奈の中に静かに寄せてくる。

住宅に挟まれて水田は居心地悪そうに残っている。そのうち宅地にかえられるのかもしれないが、今は、風が吹き通り、ずっと向こうの線路を走っていく電車までが見える。規則正しく打つ、線路の遠い音が響いてくる。

現在のクリニックに勤める前は、隣町にある市民病院に准看護師資格で勤務していた。小児科の主に外来にいた。待合ソファにあふれる親子だけでなく熱性けいれんや、喘息による呼吸困難など緊急の患者も飛び込んでくる。病院内で一、二の忙しい科だった。

昼食を摂る間なく、次々とぐったりした子どもを診察室に案内し、服のボタンを外してやり、ベッドに寝かせてズボンをゆるめて医師の補助に立ち働いた。

もう待つ患者もラストに近い頃だった。事務方も片付けを終え、受付カウンターはカーテンを閉じていた。

一人の少女を診察椅子に座らせた。着ていたウサギのキャラクターTシャツの袖から片方ずつ細い腕を外してやる。胸板が薄く、肋骨の形が浮き出ている。果奈の手は震えていた。押さえても止まらない。震えはひどくなり、隠せないほどだったが、担当の福中朝子医師は、何も言わなかった。

少女はのどが腫れていて、ウィルス性の風邪だと診断された。だが、朝子医師は言った。

「お母さん、ちょっとこの子と別室に来てくれる？」

診察室の奥の小部屋には先輩看護師がついて行き、果奈は残った。その母親がどのように帰ったかは見ていない。

勤務が明け、帰りぎわ、今度は果奈が朝子医師にその小部屋に呼び出された。果奈は着替えてジーンズにセーター姿だったが、医師も白衣は着ていなかった。休日で、外来にはだれもいなく、照明も最小限に落とされていた。

「きのうのあの女の子ね」

朝子医師は話した。

「やっぱり、異常なアザがあったよね。暴力を受けているわ。それも以前からひんぱんに。念のためにお母さんも診せてもらったの。母親もやられてた。子どもの風邪の程度はたいしたことなかったんだけど、きっと助けてと声を出したかったんだと思う」

果奈は肯いた。頭の芯が熱くなる。

「あのまますぐ、子ども家庭センターの人と一緒に行って知り合いのお寺に母子とも緊急一時保護してもらうことにしたの。もう父親のいる家には帰さずに」

「お寺に」

「民間のシェルターしてるのよ。警察も役所もなかなかすぐには動いてくれないからね、ここだけの話」

朝子医師は果奈を見た。果奈はそのまっすぐな視線を逸らしてうつむく。磨かれたリノリウムの床の色は淡い草色だ。

「ね、ひょっとしたらあなたも家族から暴力を受けていたのではない？」

果奈は黙っていた。遠くでピアノのような高い音が一音一音、刻むように鳴っている。それがしだいに大きくなってくる。キーン、キーンと音が鳴る。

「ごめんなさい。直接的な訊き方してしまった」

朝子医師は言って、続けた。

「何か話したくなったら、いつでも聞くからね、いつでもね」

彼女はゆっくり近づいてきて果奈の肩を抱いた。果奈はピアノの音があふれて砕けるのを感じた。しかし、何も言えなかった。

果奈が市民病院を辞めたのは、それから一カ月後だった。高音は耳の中で鳴り続けて果奈を過去へ引き戻そうとする。朝子医師の顔を見ることができなかった。

この町の安いアパートに引越して、いったんは他の仕事を探したけれど、結局、看護師として山下内科クリニックで働き始めた。給与も減ったし、生活は安心とは言えない。

市民病院を去るとき、福中朝子医師は何も言わなかった。ただ、大きな両手で果奈を抱いた。いっしゅん、死んだ母を思った。五十歳の朝子先生の体温が伝わる気がした。涙がのどの奥からせり上がって、大声あげて泣きそうになった。だが、奥歯をかみしめて、それを抑えた。あのとき、泣いていたら朝子先生のもとに今もいたのかもしれない。


うす暗い自動車整備工場とコンビニを通り過ぎれば、あとは住宅と田畑以外、店などない。破れたテント地の軒を放置した廃屋が二軒あるのは、かつては駄菓子屋か文房具屋だったのかもしれない。歩道はなく、道路の端に緑色のラインがずっと引いてある。中学校の通学路なのだ。校門は信号を左に折れた先にある。

放置された田に丈高く伸び放題の雑草が繁る。その向こうにフェンスで囲まれた運動場が見える。グランドの隅に楠の大木が立ち、白いサッカーゴールがある。

果奈は中学校のグランドが見えてくると、ざわりと風が吹き上がるのを感じる。授業やクラブ活動で走りまわる生徒の姿が見える。広いグランドを照らす光が眩しい。

中学校でも友達はいなかった。いじめられていた訳でもないし、だれとも話さなかったわけでもない。だけど、いつも風が吹き上がる音が聞こえていた。あのときはそんな音だったのだ。ゴーッゴーッと風が吹いた。それは果奈にだけ聞こえていて、他のだれも聞いてはいなかった。誘われて陸上部に入ったが、ひと月で止めてしまった。自分に聞こえる風の音の話は誰にもできなかった。

一人の男子中学生が、信号を曲がってこちらに歩いてくる。道路沿いにあふれた草むらを歩いてくる。白い開衿の半袖シャツと黒いズボン。六月の明るすぎる夕方、むわっと上がってくる湿気と草の匂い。その中を、何もかもつまらない表情で歩いている。歩くことに何の希望も、たしかさももっていない。あの中学生はわたしだ、と果奈は瞬間に思った。その時間のいっしゅんいっしゅんを耐えて歩いていたのは自分だった。夏草の揺れも乾いた土の感触もはっきりと鮮る。

家に帰るのはいやだった。消えてなくなる方法を考える余裕もなかった。

果奈は足首あたりにかすかな違和を感じて、目線の先を下ろしていく。スニーカーと七分丈スパッツの間のふくらはぎに、うすく赤い線がにじんでいる。草の葉で切ったのだ。エノコログサやオヒシバが道にはみ出してきていた。こんなやわらかそうな葉にも傷つけられる。果奈は立ち止まって、繁る草の中を、前から歩いてくる少年を眺めた。

あの少年は何を考えて歩いているのだろう。きのうのことか、これからのことなのか。近づいてきてすれ違う。同時に風が吹き上がる音がした。ゴーッと果奈と少年の立つ草の道は風の中に舞う。この子が帰る家にはだれがいるのだろう。玄関ドアを開けて、そこに何があるのだろう。閉めきった部屋の床に光は射しているだろうか。

中学生はまたしだいに離れていく。歩行を止めることはない。

果奈の足の一すじの傷は赤味を増して小さな血液の玉を生み出していた。ティッシュペーパーを探して押さえようかと思ったが、何もせずに歩き始める。

そうだった、と果奈は記憶の一かけらを見つけ出す。

中三だったあのときも、わたしは草の葉で足を切ったのだ。ススキの葉が草むらに伸びていた。痛くて唇を噛んだ。固いギザギザの葉はガラスのように鋭く斜めに果奈の皮膚を裂いた。中学校の帰り道、傷口から滲み出てくる血液を見ながら、そのとき、決めたのだった。寮のある五年制看護学校に奨学金をもらって進学すると。

その方法を教えてくれたのは、母の病室で知り合った若い看護師さんだった。ベッド脇で問題集を広げている果奈に話しかけてくれた。

「わたしはね、小さいときから看護師になりたくて、中学出て、全寮制の看護学校に入ったのよ。家を離れて」

「家を離れて」そのことばはいっしゅんで果奈をひきつけた。

「もっと詳しく教えて下さい」

追いかけて頼み、次に母の点滴処置が終わったあと、病室で、看護学校名、願書の出し方、入試、奨学金があることなどをひと言ももらさず手帳に書きとどめた。

姉はその日、病室にはいなかった。だから、草の葉で足を切ったあの日、夜になって二段ベッドの布団に入ってから、上の段にいる姉に決心を伝えた。最もよい方法を見つけたと思った。

「お姉ちゃん、お姉ちゃん、起きてる。ね、お姉ちゃん」

何度も声を潜めて呼んだ。

「うん」

やっと反応があって、急いで看護学校の話をした。一つ違いで高一の姉は黙っていた。

「ね、お姉ちゃんも一緒に行こう。一緒に看護学校に行って」

果奈は焦って言った。もっと上手く、説得したい。姉を動かしたい。

黙っている姉に説得できないもどかしさが、息ができないほど暗い部屋じゅうを塞いだ。

姉は成績がよくて、進学校の普通科に通っていた。

「お母さんをどうするの、入院しているお母さんを放っていくの？」

返事が出来なかった。

「果奈は行ったらいいよ。その看護学校に」

姉は重ねて言った。

果奈は春になって、県を二つ越えた山里の全寮制看護学校に入学し、その二カ月後の六月に母は亡くなった。果奈は母の葬式が済んでしまうと、夏休みも家に帰らなかった。交通費もないしバイトが忙しいからと毎日心に呪文を唱えていた。姉が行方不明になっていることを知ったのは、夏休みも残り少なくなってからだった。姉の友達から知らせが来てようやく知ったのだ。


ベランダから直接入り込む西日のせいで、腕が熱い。

ようやくアパート二階の部屋に帰りついて、そのまま畳の上で眠ってしまっていた。せっかくジムでシャワーを浴び、入浴してきたのにまた体じゅうが汗にまみれている。果奈はジムにもっていっているナイロンバッグを引き寄せて、中からペットボトルを探し出すと、残っている水を一気に飲む。

今まで住んだうち、おそらく一番築年数がたっている木造アパートだ。破格の家賃だけで決めた。トイレも洋式ではない。押入れの棚はたわんでいるし、窓もきちんと閉まらない。数ミリの隙間を無理やり押しつぶして鍵をかける。雨漏りの跡は、死んだ魚のようにいくつも天井に横たわっている。

隣室の物音は、テレビを持たない果奈の耳にもらさず聞こえてくる。

台所の窓を開けよう。立ち上がったとたん、背中に冷たい震えが走った。ウエッと声が口からもれる。父の手の感触が、何年たっても突然蘇る。

「減るもんじゃない」

いつ、どこから触られるか分からなかった。

思わず果奈が「チカンっ」と叫んだとき、一瞬の間もおかず頭の骨に響く痛みが貫いた。それから、意識がなくなるほどなぐられ続けた。固い腕の筋肉が目の前をふさぎ、鉄塊のようなげんこつが降った。鼻血が畳の目地にしみていった。母がリンパ節のガンだと分かり、治療に四週間単位で入院していた頃だ。果奈は中一で、姉は二年生だった。

姉も父の餌食になっていた。果奈は姉が父の腕にからめとられている間に、さっとすり抜けて、自分たちの部屋に逃げるのが上手くなっていった。姉と果奈は二階の四畳半に置かれた二段ベッドにこもった。部屋の引き戸につっかい棒をしたり、鍵を掛けることを思いついたが、姉も果奈もその反動を思うと、できなかった。ただ就寝時には、どちらともなく、戸を閉めた敷居を辞書やカバンで埋めるのが習慣になっていた。

思い出したくないことが、天井のしみのように滲み浮き上がってくる。

姉とはお互いに父の行為については話さなかった。口に出したくなかったのだ。できれば他人事でありたかった。なかったことにしておきたかった。姉がされていることも見てないし、自分のことにも触れてほしくなかった、相談して逃げることができなかった。知らないところで知らない人が、受けている。自分たちのことではないことにしたかった。

あのとき――、一緒に全寮制の看護学校に行こうと言ったことだけが、姉に誘いかけたただ一度の相談だった。

思い出したくない。でも聞こえる。聞こえてくる。果奈は両手で耳を塞いだ。息づかい。「減るもんじゃなし」と言っている。畳をこぶしで叩く。この音が伝わるだろうか。ダンダン、ダンダンダン、ダン……手が痺れてくる。聞こえる、聞こえる、聞こえる。「やめて」「もうやめてください」

父は幼い姉と果奈をいつもお風呂に入れていた。母が元気だった頃からだ。いつからかは覚えていないが、おそらく、生まれてすぐからなのだ。どこの父親もそうなのだと思っていた。愛されているからだと思っていた。髪の毛から、足の指先までを、父は自分は椅子に腰かけ、果奈たちを前に立たせて、丁寧に手で洗った。それがいやだと感じ始めたのは小学校三年生の頃だ。姉も、体を動かしてどことなく抵抗をしているように見えた。父はくまなく二人の体を洗い終わると、

「今度はお父さんの番だ」

といって、立ち上がり、その性器を二人に洗わせた。

「どこの子どもでもやってることだ」

父親はいやがるとそう言った。

「だれかに、たとえお母さんにでも言ったら、これだぞ」

と、げんこつを柔らかいお腹に当てた。

しかし、姉は数回母に訴えた。

「もうお父さんと一緒にお風呂に入りたくない」

「果奈も入りたくない」

横から果奈も言った。父が帰ってくるまでの夕方、母は台所で汗を拭きながら鍋の中を見ていた。

「お父さんはあんたたちとお風呂に一緒に入ることが何よりの楽しみなんだって」

母は取り合わなかった。しかし母は気づいていたのではないか、果奈は思う。それでもきっと言わなかったのだ。どうして、どうして、助けてくれなかったのだろう——。何度も果奈は繰り返し思ってきた。出てくる答えは一つ、恐怖心だけだ。怖じけ、怯えていた。

母もすくみ、震え上がっていた。子どもを救うよりも恐さが上だったのだ。

母が入院しているときには、姉と果奈は土日はいつも病院に泊まり込んだ。ほんとうは許されなかったかもしれないが、大目に見てもらえていたのだと、今なら分かる。病室にいれば父からは逃げることができた。

亡くなってしまった母をなじりたい気持ちもあった。何も解決せずに死んでしまった無責任を。先に死んでしまうなら、その命をかけて助けてほしかった。お姉ちゃんを助けてほしかった、と思ったとき体の奥から声がもれた。果奈は声を上げて泣く。長く、泣いたりしなかった気がする。自分に涙を流す感情は残っていないと思っていた。

姉を助けられなかったのは自分も同じだった。姉を残して家を出たのだ。もしも母が父の暴力にやられていたら、自分は身を投げて被うことができたのか。父の前に立つことができたのか。姉が父にからまれている間に、いつも要領よく逃げていたくせに。

聞こえる、聞こえる……。助けて。やめてください。果奈は両手で耳を塞いだ。

この土地も離れてまた、新しい町に行こうか。涙がぼたぼたとあごを伝い首筋に落ちる。

*

小さな光がかすかに目に届く。遠い光だ。どこから来ているのだろう。わたしはどこにいるのだろう。ゆるくまぶたを開ける。カーテンのすき間に光の一すじがある。朝の光がそこにいる。

きょうは日曜だ。クリニックは休みだ。果奈はまずそのことを確認するように考え、それからゆっくりと射してくる光を見つめた。

あんなに細いすき間でも光の力はすごい。圧倒的だ。あの小さな光がわたしを目覚めさせる。のどの渇きと空腹が同時に起こってくる。

そうだった。昨夜はろくに食事もせず目も耳も塞いだまま、タオルケットにもぐり込むようにして眠った。

果奈は起き上がるとキッチンで立ったまま水を飲んだ。ガラスコップに二杯、たて続けにのどに流した。それからあらためて、牛乳を同じコップに注ぐ。冷凍室から半枚の食パンを出して、魚焼きグリルで焼く。トマトときゅうりを洗い、それは丸かじりでよかった。

キャンプ生活のような食事だった。

二日おきの洗濯機は今日は回さないと決め、外へ出た。アパートの階段を下りて、ごみ置き場横の駐輪場にいく。

果奈は古い自分の自転車を引張りだす。看護学生だったときに、寮の先輩からゆずられた、水色の車体の自転車だ。サビがハンドルにも、サドルの支柱にも出ているが、買い替える気もない。

一度その先輩の家についていったことがあった。連休になっても帰らないで寮に残っている果奈を、「一緒に来ない」と誘ってくれたのだ。バスを二つ乗り換えて、山を越えて行った。

開けた田園の中に建つ先輩の家は裕福に見えた。祖父母は田畑をやり、父は市役所に勤め、母も保健所で働いていた。妹と弟がいた。久しぶりに戻って来た娘と、その後輩の果奈のために、両親は二人で台所に立ち、料理を作ってくれた。祖母は手作りのペンケースを果奈にもプレゼントしてくれた。草で染めた糸を紡ぎ、布を織って作ったものだった。父は手品をし、弟はみんなを笑わせ、妹は果奈にもなついて手をつないできた。こんな家があるんだ――。父親が暴力を振るわない、みんなが温かく笑っている家があるのだ。

果奈は胸が痛くなって、出された食事を食べようと思っても口に入れることができなくなった。

夜になって布団を敷きながら、何気なく果奈は先輩に訊ねた。

「お父さんとお風呂に入ったことある」

「あるんじゃないかな、小さいときはね。あんまり覚えてないけど。ねじ巻きのアヒルとか湯に浮かべて遊んでくれたな」

それ以上訊かなかった。それが普通の家なのだろう。父は嘘を言っていたのだ。

果奈は翌朝一人で寮に戻った。空は澄んでいて、雲が一つ浮かんでいた。

自転車はこぎ始めると、公園のブランコのような高い変な音を出す。油を差した方がいいのかもしれない。

ハンドルを動かし、私道にあいた穴をうまくかわして、広い舗装路に出たときだった。カーブミラーの前をゆっくり曲がってくる、サイクリング車と交差しそうになって足を地に着けた。どこかで会った人ではないか——。少し太めで、黒い髪——。

それがフィットネスクラブのステップ台のあの男性だと気づいたのは十五分も経ってからだ。

＊

果奈は毎週、変わらずジムには通った。

ステップ台のクラスは人数が増えることはなかったが、しかし参加者がゼロになることもなく、七、八人のガラ空き状態を続けていた。

赤いTシャツの男はほとんどいつも足をつんのめらせて大音響をたて、インストラクターは跳んで駆け寄り、果奈は夢中で腕を伸ばした。こんなに何度もこけて、怖くないのだろうか。よく次もやろうと思うものだ。

果奈はあきれるのを通り越して、すごい人だなあと思うようになった。

「あの……」

終わってスタジオの外のベンチで汗をふいていると、目の前にあの赤シャツの男が立っている。果奈は目をしばたたいて、逃げ出そうとする意識をもちこたえる。

「あの、いつも助けていただいて、すみません。恥ずかしいところばっかりで……、ご迷惑をおかけしました」

汗だくの赤い顔を、スポーツタオルでぬぐいながら頭を下げる。大きな体を丸く曲げる。

「いえ、何も」

果奈は口ごもる。

「実は僕は美容師やってまして。立ち仕事だし、一日汗かかない職場で体の調子が悪くなってきたんですよ。日曜は休めないかわりに木、土の午後がちょうどシフトが空くんです」

男は思った以上に話す人だった。美容師だから、黙っていては勤まらないのかもしれない。

「それと」

と、目の端に笑いをのせて、男は続けた。

「僕は安立《あんりゅう》さんのファンなんですよ。追っかけじゃなくて、足引っかけファン」

果奈のけげんな視線に、

「インストラクターですよ、今の、ステップ台の」

「あ――、そうでした。ごめんなさい」

追っかけと引っかけを掛けて笑わそうとしたのに、鈍い自分だ。果奈は頬をゆるめた。

ジムを出たところで、その安立インストラクターに出合ってしまった。急いでいるのか、自動ドアの前に同時に立ってから、

「あらっ」

と、彼女は果奈を見て、さっき終えたステップのクラスの参加者だと認めたようだった。

「お疲れさまです」

安立さんは一気にカーテンを開けるように明快に笑った。タンクトップに、片方だけ膝穴のデニムパンツを穿いている。

「子どもと約束していて。きょう五歳の誕生日なの」

「子どもさんが」

言いかけて、一緒に駐車場の方に足が向く。彼女も独身だろうと勝手に思っていた。それで人数激減のクラスで、帰宅してからひとり落ち込んだり悩んだり、それを振り払ったりしているのだろうかと想像していた。

「マルイチなのよね」

「マルイチって」

安立さんは肯く。

「離婚してるの。でも、子どもにバツって言いたくないじゃない。子どもはマルなんだから。ほんとうに丸々した子でね。おまんじゅうみたいな子」

ウフフと笑う。笑いながら続ける。

「あの男の人、赤いシャツのね、今日は転げなかったよね。いつもありがとう。あなたが助けてくれてほんとに心強い」

そこまで言って、彼女のクルマが見えてきたようだった。果奈は一緒についてきてしまって、照れくさく、

「あ、じゃ、また、さ」

とことばにならない短音を発して頭を下げた。安立さんは自動車のキーをもった手を挙げて、

「バーイッ」

叫んだ。「行くぜーっ、イェーイッ」と同じようなタイミングだ。

彼女は赤い軽四のドアを開けた。

果奈は方向を変え、植え込みの小道から駐輪場へ歩いた。不思議な浮遊感が一方にあり、変わらない闇が一方にあった。

水色の自転車は置いたときと同じように、駐輪場の一番隅にきちんと待っていた。何かほっとして、果奈は頭を振る。

きょうはどうかしている。神経の糸が一、二本とび出してゆれている。いや、それはいつものことかもしれなかった。

ペダルを強く踏んで、住宅街を抜ける上り坂を曲がっていく。今日は中学校の前は通らない。駅前へ寄って、遠回りして帰る。ステップ昇降で疲れ切った体に、水蒸気をふくんだ熱い空気は重たく載ってくる。肺があえいでいる。心臓も苦しんでいる。自虐的だ、と果奈は思う。もっと苦しめばいいのだ、バタリと倒れて死んだらいい。そうしたら逃げられる。

二、三日中に引越したい。もう限界だ。駅前の不動産屋に行って、すぐにでも賃貸しアパートを探して替わろう。山下クリニックまで遠くなるなら、勤め先もまた替わってもいい。一日も早く今の部屋を出て、新しい町に行くしかない。

信号で停まり、自転車を降りる。汗がステップ運動以上にふき出してくる。タオルを取り出し、ついに首に下げる。自転車を押して歩く。商店街はケータイの店舗と百円均一ショップとバーガー店だけが開いている。

不動産屋は、百均ショップの裏に、狭い間口ではさまっていた。店内は暗く、人がいるかどうかは分からない。ガラスドアに物件の案内がベタベタと貼ってある。

家賃は月額四万円以下。その条件のみで見ていくが、今のように安いところは見つからない。もっと不便な町へ行けばいいのか。綴じてひもでぶら下げてある、ファイルの数枚のコピーを発見する。築三十二年のアパート。家賃は三万二千円だ。ほかに費用は必要ないのか、詳細の活字を見つめた瞬間、とつぜん、耳にあの婦長の大声が背後から響いた。

「逃げてはダメよ、果奈さん！」

ファイルが手からすべり落ちる。果奈は驚いて道路を振り返る。

保育園の青い半袖ブラウスと黄色い帽子の女の子を、買い物袋を二つ下げた母親が追いかけて叫んでいる。

「走ったらダメ、カナ、カナっ」

カナっていうんだ、あの子も。

あーっ、と呻き声をもらして、果奈は膝から崩れそうになる。

「おんなじ名前だね、わたしも果奈っていうのよ」

頭の中を、話しかけた言葉が走る。部屋のまえにランドセルを背負って立っていた。近寄ろうと手を動かした瞬間、びくんと震えた少女の体。

果奈は両手で耳をふさぐ。聞こえる、きこえる……。

逃げるしか方法はない。うまく逃げなければ自分が、こわれてしまう。うずくまりたくなる体を支え直すと、落ちたファイルを元に戻すのがやっとだった。

帰ってきてしまった。台所の床に座り込み、合板の壁にもたれている。前金もいらない、家賃三万二千円の部屋が一軒あったのに、店の中には入っていかなかった。そのまま、戻ってきてしまった。

「逃げてはいけない」と婦長は言う。

「果奈だけ逃げるのよね、いつも」と姉が言う。

「いつでもおいで」と朝子先生は言った。

抱えている膝横に一筋のうすいかさぶたが指にふれる。草の葉で切った傷だった。まだ残っていたのだ。

たちまちに、あの中学校のグランドが見える草むらに立ってしまい、果奈は膝の間に顔を伏せた。

むわっとする、湿度の高い風が吹いてくる。ただ夏草の道をひとりで歩いていた。止まってしまうと進めなくなる。草の葉が足に触れる。意味も理由もなかった。ただそうして草むらを歩くしかなく、そのときの自分でいるだけでしかなかった時間。

きょうは木曜日だ、と果奈は呟く。学校は遅いし、仕事も遅い。平穏な部類に入る曜日だった。土曜が来るまでに。なんとしても決めよう。逃げよう。

押入れからトランクを引張りだし、Tシャツやズボンを詰めていく。畳んでおいたダンボール箱を組み立てて、本や雑誌、トイレットペーパーや洗剤も入れていく。黙々と手を動かす。

ただ黙ってたまねぎを切り、卵を溶いて親子丼を作る。部屋じゅうに、スマホのＹｏｕＴｕｂｅから水音と小鳥の鳴き声をあふれさせる。

日が暮れる。耳栓をし、体を丸めて布団に寝ころんだ。

草の道ばかりが目に浮かんでくる。歩いているはずが、いつまでたっても前に続く道は変わらない。気がつくと道端の雑草だったのが、一面の草原になっている。

キーン、キーンとピアノの高音が鳴る。風が巻き上がる。ネコジャラシが揺れ、笹もススキも揺れ、右に揺れ、左に揺れ、そのうち太鼓を乱打するように、あらゆる方向に、激しく舞い狂う。果奈の体は揺れ続ける草の葉に閉じこめられる。ゴーッ、ゴーッと風がうなる。手も足も傷だらけになっている。剃刀の葉が何十本の線を肌に刻んでくる。血がにじみ出る。誰に言えばいいのか。痛いとだれに言うことができるのか、これくらい我慢しなさいと笑うのだろう。草の葉で切るくらい。絆創膏も貼れないわ。草の葉に閉じ込められていても、誰も振り向かない。ススキの剃刀が体中に襲いかかってきても誰も気がつかない。

でも痛い、痛い、お母さん――。草はらの中で、たまらなく呟き、しだいに声が大きくなってくる。息がつまる感じがしてハッと気がつく。だれが言っているのか、お姉ちゃん、聞こえる、きこえる……。

＊

果奈は起き上がり、キッチンで水を飲む。ガラスコップに何杯も。パジャマの袖が濡れてしまっていると思ったら、自分が泣いていたことに気がつく。蛇口から水を流し、顔をバサバサと洗った。

七時半にドアの鍵を掛け、サビが出た鉄階段を下りて自転車に乗る。山下クリニックに着くのは八時十分前。裏口から入り、服を着替える。山下医師とパートの看護師が二人と事務パートが二人だけの、小さな内科医院だ。電灯、エアコンを点ける。室温二四℃、湿度五五%。医療機器、パソコンの電源を入れる。待合室、診察室、治療室の点検、清掃して、山下医師が裏の自宅から出勤してくるのを待つ。血圧計、体重計、消毒綿、消毒液。すべてが正しく置かれている。

雑念を入れず仕事に集中して動き回る、午前中は近隣の高齢者が多く、午後からは疲れた主婦と、腹痛の高校生、工場の従業員五名の健康診断以外患者は来なかった。そうして金曜日の仕事は終わり、土曜日午前中も終了した。クリニックは来週までクローズだ。

果奈は、午後からのジムには行かず不動産屋へ直行して、引越しを決めてこようと思っていた。

だが、いざ部屋を出るときには、し残した思いがあった。汗をかいて弾みをつけないと、駅前の不動産屋には行く力が出ない気がした。

ロッカールームでトレーニングウェアに着替えてスタジオに入っていく。

安立さんが担当するステップ昇降のクラスはやはり広々と床が見える。参加者十名。前回より二名増えている。すでに安立さんは鏡面を背にして、マイクや音楽の調整をしている。

果奈はいつも通りに中央後方にステップ台を運んで設置した。前に立っていた赤いシャツの男性が、気づいて振り返り、首を少し傾けて合図のように笑いかけてくる。この人はなぜ安立インストラクターのファンなんだろう——。聞いてみたい気持ちが湧き起こる。これまでは他人のことになどほとんど興味をもたなかった。

準備運動が終わる。水を飲み、音楽が変わる。安立さんが跳び出す。やはりマイケル・ジャクソン。「スリラー」だ。

「さあっ！　いっくよー！　準備はできてるかーい！」

全員が「オーッ！」と声をあげる。

「もういっかーいっ！」

「オーッ！」

「まだまだっ、元気あるんかーい！　もういっかーい！」

「オーッ！」

「イエーイッ！　いっくぜーい！」

今日の安立さんはへそ出しのタンクトップと赤のダブダブの腰パンツ。ますますやる気だ。ほとんど中高年の受講生相手に、ストリートダンスを決めるつもりだ。それもマイケル・ジャクソンの曲で。果奈は少し笑った。何か分からないが体の奥で可笑しいと言って口を押えて笑うものがいる。

赤いTシャツの美容師は今日は転げない。波に乗って動いている。汗が額から首に伝い落ちる。上がって下りて、手を上げ、上がって下りて、上がって右ももを上げ、下りて上がって左ももを上げ、上がって下りて、手を上げ……。足を交差する複雑なステップが入る。緊張してついていく。

「ラスト、あと三回っ」「あと二回っ」「ラストワン！」

音楽がゆるやかなものに変わり、ストレッチ運動に移っていく。

深呼吸、拍手で終わると、自分のステップ台をスタジオの隅にまた片付ける。赤シャツ美容師の後に続くかたちになる。

「きょうは何とか転けずについていけました」

汗にまみれた上気した顔で彼は言ってくる。果奈は肯いて、返事をしようとした。

とたんに、

「あの、お願いがあるんです」

信じられないことばが出た。声が裏返る。

安立さんは出入り口で、数少ない参加者ひとりひとりと挨拶をしていた。

「最近、分かりやすくなってきました」

六十代の女性が言っている。安立さんは答える。

「ありがとうございます。好きな仕事なんです、頑張りますっ」

果奈は最後だった。息を吸うと一気に言う。

「お願いがあるんです。助けてほしいんです、お二人に」


ドアを叩く。ドアベルは付いているが、果奈の部屋同様、作動しない。ノックが、しだいに大きくなる。

「いるよね、可菜子ちゃん。かなこちゃん」

ひそめた声もしだいに大きくなってしまう。

「可菜子ちゃん、ドアを開けて」

五分、八分、十分……。果奈は叫び続ける。美容師は果奈から少し離れた横に立って、外を見張っている。

「かなこちゃん、可菜子ちゃん、隣のお姉ちゃんよ」

十五分、二十分……。かすかな振動があり、ロックがガチャと外れる。重いドアが外へ一センチずれる。果奈はゆっくりとドアノブを引く。ドアのすき間に小学三年生の少女の見開いた目と、ふっくらとした手が見える。

果奈はすばやく玄関に入り込み、少女の目の高さに屈んだ。

「可菜子ちゃん、わたしは隣に住んでいる者よ。わたしもカナよ、覚えてる」

少女はかすかに首を動かし肯いた。

「握手した」

「そうね、同じ名前だねって握手したよね」

果奈は静かに少女を見つめる。

「あなたを助けるわ、可菜子ちゃん。お父さんから救う」

少女はびくりと体を硬くした。

「可菜子ちゃんを助けたいの。お父さんはもうすぐ帰ってくるよね。可菜子ちゃん、いやなことをされて、ずっと我慢してるよね。わたしは分かる。わたしも子どものとき同じことされていたから」

少女は目を上げて果奈を見た。

「可菜子ちゃん、わたしと一緒に来て。お母さんには連絡するわ、電話番号を知ってる？」

少女は再び肯く。

「あなたを助けたいの。一緒に行こう。可菜子ちゃんは何も悪くない。もう叱られないから」

少女の目に涙がもり上がってくる。目の前の少女が、かつての自分であるような錯覚を果奈は覚えた。

「大事なものをランドセルに入れよう」

果奈が言うと、少女はもうためらわずに動いた。ピンク地に水色のラインでふち取られたランドセルだ。学用品を詰め、少し迷って、手のひらほどのくすんだウサギのぬいぐるみを手に持った。

「さ、行こう」

果奈ははきはきと話す自分を、頭のずっと奥の方から眺めている影を感じる。

ドアの前には、美容師が待ってくれていた。手を出して、ランドセルを持ってくれる。果奈は少女の手をつないで、階段を駆け下りる。父親がいつ帰ってくるか分からない。早い日もあるのを果奈は知っている。

アパート横に一台のクルマが停まっている。階段を下りると同時にエンジンがかかる。安立さんがハンドルを握って待っている。後部座席に少女と果奈が乗り、助手席に美容師が乗る。

「お待たせしました。すみません、さっきお話ししたように、市民病院まで走って下さい。そこの小児科、福中朝子先生のところに行きます」

「りょーかい。家の鍵はかけたの」

「ええ、可菜子ちゃんが持っていたので」

「あら、おんなじカナちゃんなんだ」

安立さんは弾んだ声を出した。

「僕の家はこの近くなんですけどね、でも何かあったら心配だから、さいごまでガードマンやりますよ」

美容師は言った。彼も果奈も、ジムに自転車を置いたままだ。

ジムの駐車場からアパートまでのクルマの中、ほんの短い時間に、果奈は安立さんと美容師の二人に、簡単に説明した。

自分の住むアパートの隣室で、小学生の女の子に対する父親のDVがあること、怒鳴りつける父親の声や子どもの泣き声はしょっちゅう聞こえていたが、特に、土曜の夜は、母親が仕事で不在で、父親の思うままにひどいことが行われていること、自分にはそれが分かる。救えるのは今しかない。市民病院の朝子医師のところに運んでほしい。助けてほしい、と。

ほんとうは、果奈は少女を見捨てて、ほとんど逃げ出そうとしていたのだ。そのことは言えなかった。

果奈は自分のケータイを取り出し、少女から母親の電話番号を聞く。

コール音が十回鳴って、だれも出ないまま切れる。もう一度リダイヤルする。反応はない。三度目も出ない。気がつかないのか、電話をどこかに入れて忘れているのか。四度目が切れようとしたとき、「もしもし」と不審そうな女性の声が聞こえてきた。見知らぬ番号に用心している。飲食店なのか、まわりの人の声や音楽が入ってくる。

果奈は自分が隣の住人であることを話し、

「今から可菜子ちゃんを市民病院に連れていきます。小児科、福中朝子医師のところです。お母さんもすぐに来てください」

とだけ伝えた。

「えっ……」

いっしゅん、うろたえた声の響きを感じた。

「どうして……」

「可菜子ちゃんへのＤＶの疑いです」

すこし間を置いて、

「行きます」

と母親は答えた。

「お母さん、来てくれるって」

伝えると、少女は深く息を吐いた。

「大丈夫」

まだ幼児の名残をもつ、ぷっくらとした手を握る。

「大丈夫よ」

もう一度繰り返す。

窓の外は、きれいな夕方だ。あしたからは梅雨前線がやってくる。クルマのクーラーが効いている。安立さんは左手をさっと伸ばすと、カーステレオのボタンを押した。静かな女性ボーカルが流れてくる。マイケル・ジャクソンじゃないんだ……。果奈はぼんやりとそう考えた。

花火は見えたか

フェリーにはいつ乗るんやろ。乗り場はどこにあるんやろ、と七重《なえ》は思い続けていた。そう思っている間に、孫のよしおが運転する青いクルマは島に着いていた。

「だから、長い橋を渡ったやん。わぁー、言うて眺めてたやろ、ばーちゃん」

よしおは子どもに話すように言って笑っている。

七重は大阪市内にある小さな荒物店を、去年完全に閉めた。二十歳で結婚以来夫と共に行商から始めた店だ。もう八十三歳になる。耳が遠くなり、横から言われてははっきり聞こえない。眼鏡をかけても、外から入ってきた人の姿がよく見えなくなった。世の中すべてが少しずつ霞んでくる。竹かごに載っている、それが白い埃だとようやく分かったとき、もうやめようと決めた。

クルマは、島の急な坂道もスルスルと駆け上がる。七重は助手席にちんまりと座ってきただけだ。

「着いたよ、ばーちゃん。この墓場の横でええんやね」

よしおはクルマを停めて、ドアを開ける。

ゆっくりと左足、右足とずらして、ドアの端を持って地上に降りる。よしおから杖と、ビニールバッグと、手提げを受け取る。

「ええ天気やな――。海も空も真っ青や」

よしおが両腕を上げて伸びをしている。

墓場のある山の中腹からは、瀬戸内の海と広すぎるほどの空が見える。水平線に浮かぶ島々と、遠い半島と動かない船の景色は、昔と何も変わらない。だが、かつて夏には土埃が舞い、雨が降るとぬかるんだ、農耕牛が歩いていたはずの地道は、ずーっと真っ平らなコンクリートの舗装路になり、田も消え、池も畑も消え、見慣れない新しい家が建つ。駐車場に自動車が三台停まっている。海岸線は埋め立てられて、低い屋根が重なるように黒い板が何百枚も並んでいる。

「あの、ぎょうさんの黒い板はなんやろう」

「太陽光発電のパネルやで。きっと、埋め立て地作ったけど、田圃にも住宅地にも工場誘致もできんかったんや」

「あんたは何でも教えてくれるなあ」

七重は孫の横顔を見上げた。

よしおは美容院で働いている。

「もう三十になったんか。まだ結婚してないんか」と七重はクルマの中で三回訊き、「まだやで。三十にはあと一年ある。独身やで」と、よしおは三回答えた。

一人で暮らす七重の家に、たまにふらりとやってくると、小さな前栽に折りたたみ椅子を出してきて、七重を座らせる。持ってきた鋏で伸びた髪をカットしてくれる。そして肩叩きをして、

「さあ、これでまた老人会でモテモテやで、ばーちゃん」と真面目な顔で必ず言って帰っていく。

三カ月も前の夕方、カットされて、肩からすべり落ちていく白髪の束を見ながら、墓参りがしたいと七重は呟いたのだ。

「わたしの両親が眠ってるお墓にもう長いことお参りしてへんのや。いっぺん行かな、気になってな——。考えると眠れないの」

「いいよ、ばーちゃん。月火連休もらえる日があったら、一緒に乗せていったげるで」

よしおは軽く請け合った。そうして、青いクルマで七重を迎えに来たのだ。

しばらく海を眺めていたよしおは、

「ばーちゃん、自分のありたいように生きるって、ほんまにええことなんかなあ」と訊く。

「あー、あんたのやりたいようにしたらええ。ばーちゃんはあんたが大好きやで」

七重はここまで連れてきてくれた若い孫に、ゆっくりと微笑んだ。よしおはペットボトルの水を飲んでから、「うん」と肯く。

「ばーちゃん、じゃ、あしたまたこの場所に迎えにくるよ」

「あんたはどこに行くの」

「言うたやろ。二つ向こうの島でひとりキャンプするから。そこでひとり会議する」

よしおは運転席のドアを開ける。

エンジンがかかる。「ひとりキャンプ」「ひとり会議」って何だろうと思うが、考えても分からない。訊ねて答えてもらっても分からないかもしれない。

「ああ、あしたまた来てちょうだいね」

七重は、よしおのクルマを見送らずに、墓への低い石段を注意して下りはじめた。

弟が迎えにきてくれるはずなのだ。この島で畑を作り、花苗を育て、今も祖父母が建てた一軒家に暮らしている。七重より三つ年下だから、彼もすでに八十歳になる。

墓地には日差しがあふれている。瓦のずれたところから草が伸びる、古びたお堂を中心に大小五十基ほどの墓がまちまちに建っている。

桜の枝々にセミが行列している。鳴かないのはなぜだろう。今は何月だったか、八月か、いやもう九月になってたか。七重はそれも考えるのをやめる。

たしかお墓は海に面した二列目か三列目だったと、杖をコツンコツンと鳴らしながら歩いていく。水くみ場の向こうから長柄ほうきを持った女性がやってくる。墓の世話をしている寺の奥さんかもしれないと、七重は足をとめて頭を下げた。

「暑いのに、ようお参り」

奥さんがほうきを置いて、声をかけてくる。

「弟とここで待ち合わせてますねん」

「あー、毎日お墓さがしている男の人が来たはります」

「それ、きっとわたしの弟ですわ」

七重は、弟の認知症が進んでいると聞いた気がする。それも心配で来たかったのだ。

祖父母、両親が眠る墓は、きれいに掃除がされていた。しっかりした白百合が入っている。周囲の墓には造花か、萎れきった花が垂れているのに、際だっている。

しゃがんで手を合わせる。持ってきたろうそくにチャッカマンで火を点け、線香にも火を移す。もう一度手を合わせる。

「長いこと放ったらかしですみません。もう次いつ来られるかも分からへん。ゆるしてや」

気がつくと海からの風が白髪を揺らし、桜の葉を騒がしている。ろうそくの火も消えてしまった。

たしか父の墓はもう一つあったはずだ。先の尖った同じ形の墓が一カ所だけ、整然と並んでいるところがある。七重は一番端に父の名前を探し出す。

「ひょっとして、お兄さんですか。ここは村から出征していかれた人のお墓ですわ」

気がつくと後ろにほうきの奥さんが立っている。

「父ですねん」

「そうですか、お父さんですか。それやったらこれまでえらい苦労してこられましたやろね。十二基ありますけど、どのお墓にもお骨はないと聞いてます。戻ってきてないんですね」

言い残して、奥さんはお堂の向こうに歩いていく。

クルマのモーター音と振動がするのに、七重は振り返って立ち上がる。急カーブを切り込むように白い軽トラックが墓場横の道に停まる。

弟は軽トラに乗ってやってきた。

「お墓参りしてきてん」

言わなくても分かることを言って、七重は助手席によじ上る。体がもち上がらない。虫のようにあがいていると、弟は踏み台を持って来てくれる。

「シートベルトを締めてな」

踏み台をクルマの荷台に戻しながらそう言うのを見ると、弟の認知症は大丈夫なのかもしれないと、七重は思う。

「久しぶりやなあ」

首を廻してじっくりと八十歳になる弟を見る。頭頂部はすっかり薄毛になり、細い毛がゆれ、側頭まわりにほとんど白くなった髪が残っている。眉毛も無精ひげも白い。

「あんたも年いったなあー」

「姉ちゃんこそ、真っ白やないか。帽子で隠しても分かる」

「毎日墓参りしてくれてるんやな。きれいな白百合が入っとった」

七重は話を変える。が、弟は何も答えずに軽トラのハンドルを握って前を見つめる。

どこへ行くのだろう。気がつくと、クルマが道路のまん中を走っている。中央の白い線で右と左が分かれていて、そこをはみ出してはいけないことぐらい、七重にも分かる。だが、今、軽トラはガタガタと揺れながら、まん中を右左と走っている。よしおの運転ではなかったことだ。七重はもう一度、弟の真剣そうな横顔を見つめた。

「どこ行くん」

「うどん屋。腹が空いたやろ」

答えて弟は変わらず、中央線上を走り続ける。島内を縦断する、新しく作られた道路沿いに、駐車場のある、うどん屋があった。七重には、道も店も、どこか全く知らない土地の風景に見えた。

食券の販売機の横には、芋や玉ねぎ、青菜、花なども並べられている。白い百合もあった。

「ここでお墓の花も買うてるんか」

眺めながら訊く。

「わしはいらんよ、腹も空いてないから」と言う弟のことばを聞き流して、七重は販売機で天ぷらうどんのボタンを二回押す。それが一番上等な気がした。

店内は冷房が効いている。弟はいつもこの店に来て丼物やうどんを食べ、花を買っているのか。島で一人暮らしする男の生活は想像ができなかった。七重はゆっくりと店の中を見廻した。見知らぬ人ばかりだ。年配の男女が普段着でざるそばを食べている。

幼い子どもを連れた女性二人は窓際で、子どもの口に交互に食べ物をいれている、その向こうには入道雲が海面から湧き起こっている。

天ぷらの衣がだしにふやけてしまって、中から小エビが申し訳なさそうに出てくる。七重は急に、何もかも自分が知っている島ではなくなった気がした。今、どこにいるのかも分からなくなった。音が遠く消えていく。

七重はこの島で生まれ育ったが、弟が一歳のときに母が病死した。祖父に怒鳴られながら、いやいや百姓仕事をしていたような父は母が亡くなると、子ども二人を置いて、都会へ働きに行ってしまった。

弟は、祖母に負ぶさって育った。七重も小さい手ながら野菜の泥を洗い、山羊に草をやり、弟の口にかゆを運んだ。家は見晴らしの良い山の上方にあった。その分、海岸沿いの道から荷物を担いで上がってくるのはきつい。大人も子どもも黙って歩いた。家の裏山にはみかんの木が植えられていて、毎年大きくて酸っぱい夏みかんが実った。表座敷の天井近い長押しには、数えきれない勲章が下がっている軍服姿の明治天皇や、ドレスに勲章のたすきをかけた昭憲皇后、大正天皇と貞明皇后、昭和天皇と香淳皇后の写真が額に入って並んでいた。

祖父は板の間で夕食のたびに必ず、

「おまえらのお父ちゃんは親不孝もんじゃ。親も子もほっぽらかして、勝手ばっかりしよって」

と口にした。孫二人の顔を前にして愚痴を言わないではいられないようだった。祖母は黙っていた。近隣からもらった酒などが入ると、祖父はさらに続けた。

「あいつは小っさい時からたるんどる。仕事もせんと、さぼって本なんか読んどるからじゃ。ひとつも役に立たん。あんなんを非国民いうんじゃ」

祖母はいっそう俯いて黙っていた。

祖母が倒れたのは七重が五歳、弟が二歳の時だ。父は七重と弟を引き取り、父が住んでいた大阪の長屋につれていった。父はそれまで通っていた夜学の工業学校をやめなければならなかった。反対されてできなかった勉強を、やっと始めたところだった。狭い家には、田舎にはない臭いがこもっていた。風がない。光もなかった。一年近くを父子三人がその家で暮らした。

弟は父が近づくと、びくっと体を縮めた。日暮れには、

「じいちゃん、ばあちゃん」と泣いた。

父は電気のメーター検針と集金の仕事をしていた。前は機械工場で働いていたが、仕事を変えたようだった。七重と弟は朝から父に連れられて一日共に町を歩いた。

路地の先の空き地に立つと、ポケットから出してきたろう石でぐるりと円を描き、父は言った。

「ええか、お父ちゃんが戻ってくるまでこの丸の中に入って待ってんやぞ。出たらあかんぞ」

初めは大人しく弟も円の中に座って、父が置いていったろう石で絵を描く。七重も描く。花や、女の子や、犬や、山羊……。女の子の着物の柄を一つ一つ描いていてふと目を上げると、弟がいない。ろう石が放りだされている。

七重は弟の名を呼んだ。走りながら、しだいに大声になっていく。隣の路地にもいない。

お地蔵さんの通りにもいない。

泣きそうになって振り返った先に父が立っていた。七重は全身が固まった。

「ぼけなすがっ」

頭の芯にげんこつの衝撃が響いた。目をこすりながら父の後を走って弟を捜す。

弟は町の子どもたちの間に体を突っ込んでちょこんと屈んでドブ川を覗いていた。赤いザリガニのハサミがいくつも見えた。

「あほんだらっ、親の言うことが聞けんのかっ」

父は子どもたちの間から弟の衿首をつかみ出し、道にひき倒して蹴った。

七重は小さな弟の体の上に被さった。子どもたちが顔をひきつらせて二、三歩下がっていくのが見えた。父のげんこつも足蹴りも止まらなかった、だれも止めてくれる人はいなかった。七重は虫のように体を緊張させ、心を遠くへやった。時間だけが助けてくれる唯一の望みだった。時がたてば、いつか終わるはずだった。だが、一たん終わったそれは、家に帰って、夕飯を食べだして再開する。茶碗も箸も飛ぶ。泣きだした弟は口の中のものをごぼっと吐き出してしまう。おしっこを漏らす。なぐられ続ける弟を、七重は見ていた。虫になって。もう庇って、自分もなぐられようとはしなかった。

「そろそろ行こか、今晩はうちに泊まれや、家の中はひどいもんやけどな」

弟は言って立ち上がる。七重は肯いた。覚悟はしている。年いった男の一人暮らしがどんなものか見たことはないが、ひどいのは分かる。

軽トラに再び乗る。

海沿いのカーブの多い道を走る。曲がるたびに、ヒヤリとする。対向車と正面衝突の場面が瞬間大写しに浮かぶ。鋭い警笛を鳴らされる。

「海、久し振りやろ、姉ちゃん」

弟は対向車線の運転手ににらまれても意に介さない。

「ちょっと寄ってるで、右に。もっと左の方走った方がええんとちがう」

ふらりふらりとハンドルはゆるむ。

左に寄りすぎたら、崖下の海だ。七重は目をつぶった。海に落ちるか、山にぶつかるか――。一瞬、大破するトラックの中で血を流して息絶えている自分たちを思い浮かべる。

しかしこのまま一緒に死んでしまってもいいようにも思える。もういつのまにか、ここまで生きてきたのだ。思い切るのも一つの道かもしれない。

七重は、青い一枚布を広げたような静かな海を眺めた。こんな穏やかな海はめったに見ない気がする。海の怖さは知っている。十五歳で島を出るまでには、海で溺れた人を見たこともあるし、自分も波の重なりの間に体が引きずり込まれる経験をしたこともある。震災のときの津波の映像は、それを蘇らせて体が揺れた。

しかし七重が今、助手席の窓から見る海は青くやさしい。静かに吸い込まれて観音の浄土に行けそうな気がする。

クルマは大きくバウンドして、とっさに七重は手すりを握った。歩道の段差をいっしゅん乗り越えたのかもしれない。弟はやはり知らん顔で、ハンドルを右に切り、クルマは海沿いの道を離れて上がっていく。

右側はササ群れと灌木《かんぼく》の林、左側は立ち並んだ杉林が斜め一直線の光を受けている。

「この道は覚えがある」

七重はバウンドしながら呟く。坂道を山へ入っていく。カーブする度、木の枝の向こうに棚田と海が見える。それは八十年前の子どもの頃から見慣れた景色だった。

弟はじっと前を向いて運転しているが、黙っている。こんなにしゃべらない人間だったのだろうか、しばらく年老いた弟の横顔を眺めて、その名前を呼んだ。

返事をしない。聞こえていないのか。それとも自分の名前だと、認知しないのかもしれない。考えれば七重自身も自分の名前をいつも覚えているかどうか心もとない。七重は呼ぶのをあきらめて、また海を探して窓の外を見た。

あの日、父と七重たちが暮らす長屋に、祖父は突然現れた。祖母の体調が回復したからでもあった。七重が六歳になる直前の昭和十九年三月の、朝だった。その日も弟はおねしょをして、父になぐられていた。七重は弟の布団をもったまま立ちすくんでいた。泣く弟、父のどなり声の中に、祖父は突然やってきたのだ。

「お前は七重を国民学校へもやらん気かっ。子どもはお国の宝やないかっ。なぐってばっかりしよって――」

祖父の顔に青い筋が立っていた。同時に父の顔色が変わった。

「なにっ！　あんたにそれを言う資格があるんかっ」

父は祖父につめよったが、それよりはやく祖父は七重と弟の手を持った。

「この子らは島へ連れて帰る。もう返さんからお前は勝手にせいっ」

虚を突かれたような父は何も抵抗をしなかった。

七重と弟は首に巻いた風呂敷包み以外大した荷物もなく、祖父に手をつながれて家を出た。振り返ったときに見た父の顔を、七重はそれからいく度も思い出した。国民服の父はただ立っていた。長屋の戸の前に黙って立って七重たちを見ていた。

しかし、それからちょうど一年後の昭和二十年の三月、今度は父が突然島に戻ってきた。召集令状が届いたからだ。父は座敷で七重と弟を前にして、ごうごうと泣いた。父が泣くのを七重は初めて目にした。

「泣くなっ恥を知れっ、お国のために死ねるんじゃ」

祖父ががなり声をあげた。

父が出征していった日の夜中、七重は布団ごと、部屋ごと、家ごと揺れる地鳴りのような音で目が覚めた。グオングオンと世界が割れてしまうような音が三十分以上も続いた。七重はただ布団の奥深く頭を埋めて、時が過ぎていくのを待った。いつもそれ以外の方法を持たなかった。それが、爆弾を積んだ何百機の戦闘機が紀伊水道から大阪へ向かったのだとは後から知った。そののち何回も何回も七重は震えて爆音を聞かなければならなかった。

父は戦争に行ったまま帰ってこなかった。

助手席から見える海が左の窓、右の窓と何度か入れ替わって後、弟の軽トラは停まった。

「うちに着いた」

弟のことばに、七重はほぉーとため息をつく。

「運転、ごくろうさんだしたな」

大阪弁が出る。すぐには足が動かない。また弟が踏台をもってきて地面に置いてくれる。そろりと足を伸ばして、シートの端をつかんで地上に降り立つ。七重の目の前にあるのは、ベランダがついた小さな山小屋だ。三角屋根に外壁も扉も木材でできている。

「あれ、こんな家やったんか――。じいちゃんの家は」

七重は声をあげた。

「何いうとる。覚えとらんのか。あの家はとっくの昔に裏山が崩れて土砂に埋もれたわ。わしはいっしゅん早く逃げたんや、真夜中、大雨の中じゃ」

「そうやったか――」

言いながら七重は記憶の重ね箱を一つ一つこじ開けようとする。祖父母が亡くなり、弟は一人で住んでいたのだったが……。七重が仕事が忙しく、めったに訪れなかったのは事実だ。

初めて見る家、初めて触るドアのような気がする。鍵もかけていないのか、弟は先にさっさと家の中に入っていく。

丸太と木肌ばかりで作られた室内だ。台所にテーブルと椅子が二つ。それらが木製でなく、パイプ机とパイプ椅子なのが不釣り合いだ。奥にもう一部屋あり、畳が敷いてある。

七重はもの珍しく眺めた。

本か、雑誌なのか相当古く、端がめくれ黄ばんだのがあちこちにころがる。タオルか雑巾か分からないものも椅子の背に数枚掛かる。奥の部屋の開き窓が開いていて、海風が入ってくる。そこにひっかかって風に踊るのも、カーテンなのか雑巾なのか。

窓の向こうに空と海が見える。

七重はゆっくりと窓のところに寄っていった。

「花火が見えるんじゃ」

弟は台所から声を出す。

「姉ちゃんが住んでる大阪の花火が見えるんじゃ――」

「そんな遠くは見えんやろ。アリのたいまつよりも小さい火やろ」

「いや、空に花火が広がる。幾重にも幾重にも花が重なって空の上にのぼっていく。今夜も見とったらええ」

弟はすべての窓を全開にした。風が大波のように部屋を満たす。ふくらみ、台所を走って、洗面台の窓に抜けていく。埃が舞って、その渦の中に七重は巻き込まれていく。目をつぶった。

遠い海を眺めながら毎日祖父母の家の前庭で遊んだ。祖父が伐ってくれたちょうどよい太さの竹に、足をのせる支えをつけてもらった竹馬。石けりもし、土だんごも作った。目を上げるとみかん山の先に海と空が見えた。

祖父は、長押の上に並んでいた額入り写真をすべて下ろした。父の墓を建て黙って、墓石を撫で続けた。

七重は目を開けたが、そこは祖父のあの家ではなく、やはり弟の、丸太小屋だった。

いつのまにか風は止み、山の色が黒く変わっている。

夕食はテーブルでまたうどんを食べる。しかし今度のは冷たいうどんだった。ネギと青しそと、大根おろしがのっている。

うどんは白くて艶があった。同じように大根おろしの白さをからめて口に入れると、意外にだしの味がした。

「あのなー、あんたに謝らんとあかんことがあってなー。わたし、ずーっと心にひっかかって生きてきたんや」

弟は七重のことばが聞こえているのかどうか、返事もせず、首を前に曲げたままうどんをすすっている。

「昔な、死んだお父ちゃんに連れられて大阪に住んだことがあるやろ。あんたはいつも殴られてた。わたしもやられたけど、あんたは小さくて泣くからよけい叩かれて蹴られた」

「覚えてない」

弟の声がした。遠くでした気がする。

「わたしはあんたが殴られるのを見てた。目をつむってたかもしれんけど。目をつむっても耳を塞いでも、悲鳴は聞こえた。それでも殴るお父ちゃんを止められんかった。怖くて。嚙みついても殺されても止めたらよかった。今でも、夢に見る」

「死んだやないか、戦争いかされて」

また弟のくぐもった声がした。

七重は戦争に行った先のことは想像ができなかった。そこが暴力そのものを行うところだとは分かっていたが。父親が逆に虫けらのように殴られ殺されるのを想像するのはいやだった。他国《よそ》の大人や子どもを銃剣で突いたかもしれないと考えるのはさらにもっといやだった。

「そうなんか――。ほんとに覚えてないんか。わたしははっきり覚えてる。もう学校に上がる年やったから」

小さな手で頭を抱えて丸くなった弟の姿は忘れられない。その上を父は足で蹴り、拳を投げ続けた。

「でも、ある日な――。なんかきれいなおばさんがやってきて、ほんの二、三日いたことがある。そのときだけ殴られへんかった。おばさんがいなくなって、またお父ちゃんはいっそう怖くなったけど。あのとき――、あんただけな、おばさんにかわいい袋に入った手作りの犬をもらったんや。白い犬でな、小さな目が付いていた。一つしかなかったんや、きっと。それであんたにくれた。わたしはな、それを見て、羨ましくてなー、あんたからもぎ取った。あんたはぎゅっと指を無理やり離されて、でも何も言わんかった。それが悲しくて、ずっと悲しくて、いつまでも悲しくてな――。心にくぎのように刺さっていて」

どんなに謝っても、もうその日には戻れない。白い犬は、大阪に働きに出た時も、結婚するときもずっと大事に紙箱に入れてもっていた。しかし、いつなのか、なくなったのだ。消えたのか、まちがって捨ててしまったのか。どんなに探してもない。みつからないのだ。元から白い犬なんていなかったのだろうか。犬がなくなれば、弟から奪い取ったこともなかったことになるのだろうか――。

何が確かなのだろうか。確かなことなどあるのだろうか。七重はぼんやりと、暗い台所の空間に目を泳がせていた。

流しでうどんの鉢を洗ってから、七重は雑巾らしいもので、床や畳を拭き掃除した。自分が姉であることを思い出す。

開き窓は暗い夜空をはめこんでいる。時計もテレビもなく時間も分からない。

弟の姿がない。どこに行ってしまったのか。そのうち戻ってくるのか。

畳の部屋の押入れを開けると、寝具らしいものがあるので、それを引っぱり出す。布団のような、マットのような厚みのある布だ。くるまれば横になれそうだ。七重は窓辺に座って暗い海と夜の空を眺めた。

星だと思った強い光が突然はじける。七重は目を凝らした。四方に白い光が飛び散り広がる。

「あれは花火なんか」
振り返って訊こうとするが、弟はやはりいない。見る間に次々と光が弾け輪になってい
つしゅんの花びらが輝く。氷の結晶のようだ。白い花ばかりが咲く。真っ白な雪が降る。
夜の空に大きな花に小さな花が重なり、また重なり、光がいっぱいになる。止むことなく
次々と開く。白い光の開花は、魂を鎮めるためなのか、それとも強烈な怒りの破裂のよう
にも見える。七重は弟から奪った白い犬をまた思った。あの光の中に小さな犬も上がって
いってしまったように、今、それが見えたような気がした。
七重は重要なことに気づいた。音が全くしない。耳が遠いせいだけではない。無音なの
だ。
「この花火はどこから上がってるんやろ」
答えてくれるかもしれない弟の気配はない。音が届かない遠距離なら、花火も小さく見
えるはずだ。まるで音を消したテレビの大画面で、白い花火の乱打を見ているようなのだ。
何が起きているのだろう。わからなくなる。
七重は夜空の窓に吸い込まれるようにいっそう身を乗り出した。シューッ、シューッと
しかし無音の白い矢が何十と上がっていく。やがて天からも降ってきて白い矢は交叉し、

つながり、光の雨になり、空全体がカーテンのように揺れ始める。七重は両手を突き出す。とたんに、ちぎれるように花火は消えていく。慌てて瞬きを繰り返す。跡もなく、暗い夜の空と海だけがある。わたしは今、見てたはずやろ――。それとも耳も目も、もうあかんようになってしもたんやろか。七重の呟きを聞くものはいない。

弟は、窓から差し込む陽の中に立っていた。

「あんたどこ行ってたん、夕べ。急におらんようになって――」

弟はうん、と肯くだけだ。

朝食はカップの、またうどんだった。稲庭うどんのような細く、なめらかな麺がのどを走る。

「おいしいわ」

弟はまた白い無精ひげの顔で黙っている。聞こえてないのか、ことばが届いていない。

こんな状態で男一人で暮らすのか。麺ばかり食べて。会話もなく。

七重は十五歳で、中学を出ると、大阪に就職した。祖母は七重を送って心配そうに弟と一緒にバス停まで山を下って付いてきた。停留所の横で立ったまま七重の手にしわの寄った札を一枚握らせた。バスの最後尾の席から振り返ると中一になる弟が走って追いかけてきた。そしてその姿は急速に小さくなっていった。

あの日、七重は再び弟を見捨てたのだ。あのときすでに祖父は動きがおかしかった。平坦な道でつまずいたりして、その後脳血栓で倒れる予兆はあった。七重は、弟と祖父母とそして、島を見捨てた。

寝たきりだった祖父が死んだとき、七重は島に帰って葬式に出た。弟は祖母の曲がった体を支えていた。

その祖母が亡くなってから弟は一人であの家で暮らしていたはずだ、と七重は考える。思い出そうとしてもよく分からない。祖父母の家はいつ壊れてしまったのか——。集中豪雨で山が崩れてしまったのだと弟は言った。

この家を建てたことを知らない。ここがどこなのかも分からない。

「わたしもな、店、閉めたんや」

弟はちらりと目を上げた。

「先月やったか、もっと前やったか、もう忘れたけど。一日開けとっても、ちりとりの一つも売れへんようになって、年金も食べていける金額やないしな、電気代も払えへんし

――」

家の外へ出ると、足元に、畑に続く垂直に近いほどの急坂が見える。耕作機械を入れるために作った道かもしれないが墜落しそうだ。杖を握りしめて、七重はあわてて急斜面から足を引っ込める。

畑には落ち葉や枯れ枝が積み重なる。放置されたままなのだ。

「畑、もうやってへんの」

続いて出てきた弟はズボンのポケットに両手をつっこみ、海を見ている。

「花火、みたか」

「花火、見たわ」

七重も同じように返す。

「そやけど、音がせえへんかった。何でやろ。わたしの耳がおかしいんやろか。白ばっかりで、わたしの目が変になったんか――」

七重も海を眺め、そして振り返って背後の山を見上げた。緑の樹木が手入れされず、繁り放題の山が迫っている。七重が子どもの頃知っている山ではない。頂きへ登る道の見当もつかない山だ。

「わたし、もう次はよう来ないかもしれへん」

弟とももう会えないかもしれない。ゆるしてな、あんたの白い犬もどこかになくしてしまった。そう言おうとして見ると、弟はいつのまにか急斜面下の畑に立っている。

七重は膝を屈めることはできず、腰を曲げて、足元の黄色い花をつんだ。名前は何て言ったか、なじみのある小さな雑草だ。もう一本、その向こうの一本。鮮やかな黄色が手の中に入れると白い花に変わっている。変だな、と思いながら、七重は摘み続ける。やわらかく摘み取ると、もう気力をなくすように弱々しい。けれど道端の、そこら辺りいっぱいに広がって咲いている。そうだ、カタバミだった。この花で遊んだこともあったかもしれない。七重は手の上にカタバミの花を並べて、遠い日を見ようとした。アサちゃんやヨーちゃんと明るい日差しのござの上で、ままごとをした。アサちゃんは背中に妹をくくりつけて、泣くと畑のお母さんのところに乳をもらいに行った。

弟はどこにいたのだろう、と七重は記憶の中を歩き回るが、その姿は見つからない。七重の母はすでに死んでいた。祖母の家で弟はいつも七重のそばにいたはずだ。けれど記憶の箱の中に弟がいない。分からなくなって七重は、よっこらしょと声を掛けて腰をまっすぐにする。もしかしたら弟ははじめからいなかったのではないか――。父になぐられたのも、白い犬を奪ったのも、みんななかったのではないか。そんな証拠もどこにもない。七重は頭を振る。

「姉ちゃん、クルマに乗らんか、遅くなるから送っていく」

すぐ横に弟が立っている。

「あんた、いつからおったんや」

辺りはもう朝の空気ではない。

「腹が減ってるか」

「空いてない。もううどんはいらんし」

軽トラはいっそう古びていた。バンパーがへこんでいる。また踏台を置いてくれて、七重は助手席によじ登る。弟は踏台を荷台に積み投げる。

軽トラは再び中央ラインを右へ左へゆらゆら走る。来るときはすぐに着いたようだったのに、なかなか海沿いの道へ出ない。

狭い段々畑を見下ろすカーブを、曇ったミラーのところで曲がり、三叉路を左へ。

「あれ、さっきもこの道、通らんかった」

七重は訊きながら、弟を見る。弟は何も答えずただ真剣に前を向いてハンドルを握っている。聞こえていない。ことばは届かない。七重も分からない。この道が確かでどの道が確かでないのか――。また三叉路を左へ折れる。景色は似たようなところが続く。小さな棚田と山の中だ。道の右横にほこらがあって、

「ほら、このほこらはさっきも見た」

と、呟くが、そんなお地蔵さんが立っているほこらはまた、左手にもあるのだ。草の伸び具合も、木の繁り様も差はない。ぐるぐる廻っている。

どれほど廻っていたのか。気がつくと、正面に海が見える。それを下っていくと墓地だった。

「着いたなあー、よかった」

七重は声をあげた。座席からすべり落ちるように地面に足をつく。

「ありがとう。あんた、これな、少しやけど、ちょっと足しに。うどん以外も食べなあかん」

手提げ袋の口を開けて、お金を渡そうとその紙入れを捜すと、そのまま弟の軽トラは行ってしまう。何も言わずに。

エンジン音と白い排気ガスだけが残っている。七重は去っていく軽トラを眺めた。見え

なくなってもしばらくじっと眺めていた。もうきっと弟とは会えないだろう。訳の分からない悔しさが汗のように体を湿らせる。

墓の白百合はまだきれいだ。七重は忘れてしまった心経の断片を唱える。ただ同じことばを繰り返す。

「ハンニャーハーラーミータ　ハンニャーハーラーミータ」

よしおが迎えに来てくれるのが何時だったか覚えていない。きっと来るだろうからと思うが、もうやることがない。墓地の石段に腰かけて海だけを眺める。海を見ているだけで、どうしてこんなに気持ちが安らいでくるのだろう、と七重は思った。雲間から幾本も光が射し、海面が光っている。世界で一番はじめに生まれた人がいるのだろうが、その人もきっと海を眺めたに違いない。生まれようとして、生まれなかった子もいる。七重も一人目の子を流産した。母は二十五で、父は三十五歳で亡くなった。八十三歳まで生きてきた自分を思う。もうそろそろや、いつでもよろしと思うが、よく分からなかった。死ぬということそのものが分からないのだ。分かったところで、何にもならへんな、と呟いたとき海から抜け出たように青いクルマが駆け上がってきた。

墓地の横に停まると、運転席の窓を開け、顔を出して、七重に向かって叫ぶ。口に手のメガホンをつくっている。

「ばあちゃん、意外と早かったのねーっ」

よしおの顔がどこか違う気がする。しかし、迎えに来てくれたのだ。七重はまた「よっこらしょ」と声を出し、自らを励まし立ち上がる。歩き出そうとして一歩を踏み出すまでに、よしおが走って墓までやってくる。何か違う……。

七重は目を凝らした。

「よしお、か？」

よしおは笑った。唇が赤い。頬もピンク色だ。きのうのよしおとは違う気がする。顔を近づけて見つめるとよしおはまた声をたてて笑った。

「ばーちゃんがやりたいように生きたらええって言ってくれたからね」

よしおも墓の前に屈んで手を合わせる。長い時間祈っている。細い肩だった。七重はその肩を撫でた。

青いクルマの助手席に乗る。

よしおはエンジンをかける。どこか弾んでいる。

「ところで、ばーちゃん。さっき思ったんだけどね、ばーちゃんの弟は交通事故で死んだんじゃなかった？　いったいだれの世話になってたの、この二日間」

よしおは軽快にしゃべる。

七重は答えなかった。だれって……、答えられなかった。弟やなかったんか――。

「花火は見えたか」

七重はそればっかりを考えた。

「花火はほんとうや。花火は見えたか。花火は見えるんや。花火は見えたんや」

「ばーちゃん、大丈夫やで」

よしおの温かい手が七重の手をつかんだ。

「花火は見えたか」

七重の視界が涙で揺らいでいく。

縄文の波音

めし屋「日和丸《ひよりまる》」は瀬戸内の海を背にしていた。島の東西を走るからんと明るい直線道路沿いにある。海岸から立ち上がる斜面に建っていて、県道に立てば木造二階建ての店舗住宅だが、裏手の低い海岸道からは構造的に三階建てになる。

佐枝は喪服の腕を伸ばして、外開きの窓のハンドルを引き寄せる。吹き込む潮風がショートの髪を跳ね上げ、店の中を走る。

ガラス窓の向こうには、コンクリートの突堤の先に灯台が見える。入り江を出た外海に二つ、三つ島影が浮かぶ。だが、長年の潮風になぶられて、閉じた窓は白く曇る。

南端の窓を閉め、また次の窓を閉め、佐枝は順に重い片開き窓を閉じていく。風の音が一つ一つ封じられていく。誰もいない店の中に、黒いワンピースの佐枝だけが微かな靴音をたてる。

人漁旗で作られた日和丸の暖簾は朝から出していない。椅子の背にかけてあったコートを手に取る。「本日休業」の札も下がったままなのを確かめて、佐枝は店の横の、海岸道に続く細い階段を下りていった。コツン、コツンとめったに履かない黒いパンプスは規則正しい音を立てる。

海はおだやかな四月の青色だ。干潮なのか、潮の香りが強い。猫が石段の途中で体を長く伸ばして寝ている。踏まないように気をつけて通る。

葬儀は午後二時からだ。下の海岸道をたどって、廃業した元コンビニを改装してできた葬儀場まで歩いて行く。

この島に住んでもう何年になるのか。誕生日祝いなどはるか昔に忘れてしまったが、自分が四十歳をずっと前に過ぎたことは記憶している。遠い北関東で生まれ育った時間をとっくに超えてしまった。

葬儀場の自動ドアが開かないように自分の立ち位置をずらして、黒いコートを脱ぐ。ずいぶん迷ったあげく来たのだった。

今でもまだ、会場に入らずに戻ろうかという力が体内のどこかで働いている。

二十歳のミツルがタイで亡くなったと聞いたのは二日前だ。

「親がバンコックから車で四時間の奥地まで飛んで、遺体を確認して荼毘に付したらしいでよ。重田の家は大騒ぎやで」

めし屋「日和丸」に来た客が入ってくるなり佐枝に伝えた。佐枝は手に持っていたボールを落とし、中にあった豆乳が跳ね躍って、流しを真っ白く塗り替えていくのをただ見ていた。

「聞いとらんかったんか」

と客は言い、うん、そうやな、と頷いた。

入り口に掲げられた板に墨書された、故　重田美鶴（享年二十歳）儀葬儀という文字を見上げて、初めて佐枝は「ミツル」は「美鶴」という漢字表記であったことを知った。あの子、きれいな名前だったんだね——。ふいに抑えられない感情が鋭く喉元を突く。

受付に香奠を差し出し、目の前に広げられた記帳を手のひらで押し返すように断る。目立たないように後ろの隅に立っていればいいと思ったが、盆に空の湯飲みを集めている女性スタッフが近寄ってきて、親戚かどうかを確かめ、最後列の空席を示した。そこは、最後列ではあったが、その前に席はなく、祭壇の写真と僧侶が掛けるべき椅子の延長線上、通路真っ正面の席だった。佐枝は居心地の悪さを感じながらも、仕方なく背筋を伸ばしてパイプ椅子に座った。

外の道路を車が通るたび、飾られた白木の祭壇が電気が入ったようにびりびりと細かく震え、大窓に下ろしたブラインドに風が走る。まるで開店祝いの花輪スタンドが祭壇の左右に二つずつ並び、中央には高校のセーラー服を着たミツルの写真がピンぼけ気味で写っている。線香の煙が三カ所から立ちのぼり、会場を曇らせていく。

「写真選ぶ間もなかったんかな」

「もうちょっと可愛いらしかったわな。可哀相に、タイの奥地で写真撮ってて、崖下に転落したらしいよ」

だれかが小声で話すのが聞こえてくる。

親類席はまばらだ。目の端で、最前列に座るミツルの両親と、高校生の弟と小さな妹をとらえる。弟は先日、陸上の全国大会で一〇〇メートル走の記録を更新して優勝したと新聞に大きく出ていた。父親は、佐枝のかつての夫であった男。母親はその男を盗った女。盗ったということばを「寝取った」と佐枝は頭の中で書き直す。両者とも互いに遊び歩いてとっくに愛情など消え失せているように見えるのに、なお夫婦でいるのはなぜなのだろう。どうせろくでもない欲と損得勘定にまみれてるんだ。佐枝はそんなことを考えている自分に気付くと、急に吐き気を感じて、冷めたお茶を一気に飲む。

ミツルは彼ら二人の長女だが、生まれる前から父親はだれだろうという噂が朝晩、波音のように島中を廻っていた。今日も引導を渡す僧として現れるはずの寺の住職もその一人だった気がする。だれも何も気付かないふりをするに違いない。

ミツルが、佐枝の店「めし屋　日和丸」に姿を見せたのは、四年前、彼女が高校二年生の春だった。店のケースにある瓶ジュースを注文して、立ったまま飲んだ。自動販売機でなく、コンビニでなく、ご飯屋でジュースを飲む高校生はあまりいない。それも、友達連れじゃなく彼女一人だった。なにか、どこかが違う気がした。濃紺のセーラー服がすっきりしていなかった。入学以来クリーニングに出されていない、と佐枝は感じた。

それからミツルは、客の少ない頃合いを計るようにやってきた。午前中にからからと鳴る引き戸に怯えたように入ってきて、昼時になって釣り客がやって来だすと姿を消した。セーラー服を着ているときもあり、そうでない日もあった。一人で隅のテーブル席に座ると、片肘をついてケータイを操作し続ける。と思うと、席横のガラス窓を懸命に磨いていたりもした。窓の向こうの灯台をみようとしていたのか、外海の広がりか、あるいは空を見たかったのか。窓は内側から磨いても大して視界はよくならない。しかし飽きもせずにミツルは、ハンカチを丸めてこすっていた。

あれから四年しかたっていないのだ。佐枝はミツルの遺影を見つめる。

店に現れた時も、目立つ顔立ちではなく、細かなポツポツを頰にこしらえていた。髪もまとまらないようで、しょっちゅうふくらんだ髪の毛を耳に掛ける仕草がくせになっていた。だが、たまに笑うとえくぼがあり、意外なほど愛らしい表情になった。そのうち佐枝は気付いたのだった――。周りの客の反応やこれまでに聞いた噂が、空いてるパズルにカタンとはまるように。一人でやってくる女子高生ミツルが、元夫の娘であることに。ミツルも「日和丸」の店主、佐枝が父親の前妻だと知っていただろう。だが、それを口に出したりは互いに一度もしなかった。

いつのまにか、読経が始まっている。

棺はない。彼女はすでに遺骨になってしまったのだ。もう死に顔にすら会うことはできない。

焼香の順が来て、佐枝は一般会葬者の最後に並ぶ。連絡をしなかったからか、島を出たものが多いせいか、それとも、こんな亡くなり方だったからか、友達らしい若い子は数えるほどだ。重田夫婦は、焼香者に向かって並んで頭を下げる。いっしゅん目があった気がする。ふいと目をそらす。重田は娘のミツルがしょっちゅう佐枝の店に出入りしていたのを知っているのだろうか。

焼香を終えた人はさらに順に花を一本ずつ献花台に手向けている。佐枝はピンクのカーネーションを選ぶ。

「美しい国に飛んでいくのよ」

ミツルの写真に向かって言った。

録音された悲しげな旋律の音楽と共に、スタッフの哀傷を演出した声が流れる。

「二十年というあまりに短い生涯ではありますが、ご両親、ご兄弟との和やかな団らんの日々を胸に……」

淀みのない声に耳を塞ぐように佐枝はそのまま部屋を出、葬儀場を離れた。

コートを手に持って県道沿いを二十分歩く。入り江から五キロの距離にある、平らにひらけた丘を目指す。保育所の裏手から、風が走る坂道に入っていく。かつて地道だったところも、知らない間にコンクリートで固められている。息が弾む。

あの時、自分も二十歳だった――、と佐枝は突然思い当たり、足が止まる。重田を信じ切ってこの島に来たのは二十歳だった。

十八歳で田舎を出て、東京の寿司割烹店で働いていた。洗い物や掃除の下働きからだったが、まかない飯は美味しくて、料理人の仕事は覗き見できた。数年したら調理師学校にも通わせてもらえる約束だった。

重田は水産会社の社員で、来るたびまめに佐枝に声をかけてきた。どのことばも柔らかい笑い声にくるまれていた。休みごとに逢い、そのうち妊娠した。中絶手術をしたら結婚しようと重田は言った。佐枝は、夢みた。結婚さえすればまた同じ子が生まれてくるように思った。しゃぼん玉が次、また次とストローの口から出てくるように。光る泡のように夢が湧き出した。処置費用を栃木の異母兄に出してもらった。兄夫婦は温室を作るためにお金を貯めていた。

重田はこの島の小さな水産加工会社の放蕩息子だったのだ。経営者だった父親が亡くなったとき、どうする？　と重田は佐枝に訊いた。君の東京での可能性を摘み取ることはできないしねー、と。結婚するためにこの島に来たのだった。佐枝は思い出してしまったことを振り捨てるように、道横の笹藪をコートではしっ、はしと払った。

遺跡は松林を下った先にある。枝枝を抜けて、風が細い喉声をしぼり出す。視界の先に空と海が見える。林を出た高台から見下ろすと、人の身長ほどの深さで平地を四角く掘り下げ、そこだけ切り取って絵の具を塗り込んだように、不自然に青色のシートが広がっていた。

数年来放置されたままの畑地。その向こうにあるのは、丸い島影を抱いた海。水平線の上に細長い貨物船や漁船が切り絵のように貼り付いている。進んでいるのか、泊まっているのか分からない。雲の流れは速い。それでも隠しようもなく春の光はあふれている。足下に咲く黄色いタンポポを見ながらコートを羽織った。

人の気配はない。土曜の三時過ぎ。きょうの作業は終了したのだ。役場の成海洋平もいない。佐枝は立ったまま発掘現場を見下ろす。ここは、作業員からも見えにくい場所だ。時間があればやってきてぼんやりと眺めるのがいつのまにかくせになっている。

縄文遺跡が発見されたのはもう半年も前だ。道路建設の調査中に、見つかった。今も発掘は続いている。が、そろそろ終了して埋め戻されるという話もある。住居跡が一つ、二つと発見された。四千年前の地層。そこまで二メートルを掘り下げた。上部は重機で掘り、あとは作業員がしゃがんだり、座り込んで、カギ型に尖った園芸コテで削っていった。島の女性たちも農作業の合間に働いていた。佐枝はただ日傘を差して眺めていた。

竪穴住居で中規模集落を形成していたようだと、常連客の成海は話していた。生活に使っていた土器や石器片、ヤジリが出てきた。貝や海草が豊富にあった。かつてはその辺りまで海だったのだそうだ。

「うちの課長は、これで村おこし、島祭りや、もっとすっげーもん見つけてこい――言うてよ、俺らは宝探しにえらい尻叩かれよら」

毎日発掘現場と資料室を往復している成海は、夕飯にやってくると、眼鏡の丸い眼を見開いて他の客と話す。

昨夜、そこに赤ん坊が置かれていたのだ。あのブルーシートの間に、おくるみに包まれていたという。教えてくれたのは、今朝一番に魚を運んでくれた漁師の奥さんだった。たまたま何かのつごうで引き返した道路建設の測量隊が、遺跡の辺りでかすかな泣き声を聞いた。風の音か幻聴かと思ったが、気になって下りていくと、赤ん坊を見つけた。

「ひょっとして朝まで気付かんかったら、泣き疲れて、寒うてな、とっくに息絶えとらよ。小さな命やもん。すぐに診療所に運びよってな、湯に入れて温めてミルクのませて、ほんだらしばらくはよう眠ったんや。生後一カ月たっとらんやで」

まだ跳ね上がりそうな鯵や鯖をバシャバシャッと音をたててトロ箱に入れながら、奥さんは見てきたように話していった。

佐枝は目の前の遺跡の中に、今なお赤ん坊がいないか、泣き声が聞こえてはないか確かめるように、見つめ続ける。だがそこには変わりもしない風に包まれて土と穴と青いシートと海があるだけだ。なにも聞こえてはこない。疲れると、隆起した松の根に腰を下ろす。咲き終わった野生の水仙の葉群れが風に揺れている。

ミツルは死んだ。もう二度とやって来ない。佐枝は改めて胸に感じていた。

ふう、と夏の気配を思い出す。田んぼに青い臭いが充満していた。六時をまわっても外は明るかった。ミツルが店に来だしてしばらく経った夏だ。彼女は丈の短いワンピースにカーディガンを羽織っていた。

見かけない釣り客の男が一人、食べ終わったあとも新聞を広げ、置いてある週刊誌を眺めて座っていた。人を待つ風でもないが、帰る様子もない。そのうち、ミツルの側に寄っていって話しかける。ミツルは短い答だけを目を動かして返していた。上着のポケットに片手を突っ込んだ男は、時折冗談かダジャレを混ぜるらしく、ふっとミツルは笑みを浮かべた。

佐枝は洗い物の水音をゆるめず、見るともなく様子を感じていた。

最後に何かを言い残して立ち上がると、男はレジに来て五千円札を出し、おつりをポケットにねじ込んで出ていった。ミツルもすぐに出ていく。

「ついてっちゃダメだよ」

佐枝の口からは、自分の故郷の関東アクセントが出た。それが、ミツルに面と向かって話した最初のことばだった。

「関係ないやろ」

ミツルは下を向いたまま、ぼそりとことばを落として戸を開けた。

「待ちなさいよっ」

店を開けっ放しにしたまま追いかけた。

ずっと前方、道路沿いのバス停近くに男の姿が見えた。ミツルの足も速い。佐枝は全速力で走った。石を蹴るように、自分の体を前に出した。ミツルの腕にやっと取りついたときには、息が切れてことばが出ない。

「あ・か・ん。い・った・ら」

そのまま崩れそうになる。前方の男がバス停で留まり振り向いたのが見えた。島にも箇易ホテルはある。釣り客のための民宿もあれば、港周辺まで行けばラブホテルもある。

「あんた、この子に何を言うた」

佐枝は体勢をなおし、男に向かって叫んだ。再び走った。

男は落ち着かない表情で唇を突き出して立っていた。佐枝は男に体当たりする。

「何て言ったのよっ、この子になんて誘ったのよ」

「変な誤解するなよ。何も言うてへんやろ。めし屋のおばちゃんが何を顔色変えてんや」

口をとがらせたまま男はもぞもぞと言い、一時間に一本しかこない島バスに乗っていってしまった。

ミツルは無表情で立っていた。手に、ブランドのボストンバッグを提げていた。いつでも家出態勢でいるらしいと、そのとき分かった。佐枝はミツルの目を覗きこみ、ふっと笑った。

「どうして」

とミツルは言った。

「どうして、わたしなんかにこだわるん。わたしなんかのこと心配するんや」

「自分のこと好きじゃないよね」

私と同じように――、ということばを佐枝は胸の内に飲み込んだ。

そのことがあってからだった。ミツルは店に現れると、ひと言、二言と話しかけてくるようになった。

太陽がそろそろ海近くに下りてくるのを感じて、立ち上がる。桜はとっくに散ったが、林の中はすぐに日暮れる。コートの襟元をしめると、パンプスのきびすを返した。

*

「日和丸」の店のガラス戸には、出かけたときと同じ「本日休業」の札が掛かっている。

だが、鍵を開けようとすると、店内に人がいる。佐枝はとっさに声を抑えた。取っ手を引く。戸は動いた。ドアベルも揺すられて澄んだ高音をたてる。

「寄ってみたら、留守なのに戸が開いてたんで、こら用心悪いぞ思てよ、待っとったんよ」

カウンターに腰掛けて新聞を読んでいた成海は、ふり返って言った。

「鍵かけ忘れてた？　アホやね」

平静な声でコートを脱ぎながら、佐枝は電灯とエアコンのスイッチを入れる。

「やっぱ冷えてきたんで、いまストーブ点けさしてもろたわ。もうぼちぼち帰ろうかと思てたところ。きょうは代休とってたんや。遺跡の調査でずっと休みなしやったから。ちょっとややこしいことも起きたんで、様子見にきた帰り」

佐枝は頷いただけで声に出しては返事をしない。

成海は佐枝よりも年下だ。いくつ下なのかは知らない。向こうが話さなければ訊かない。調理場の奥に一つ置いた自分用の椅子に座ると、右手を後ろに伸ばして背後の棚から煙草の箱を取る。一本を口にくわえて火を点ける。

「なんか、荒れてるね」

成海が言う。

「いつものことよ、気まま人間やから」

「重田さんとこの、ミツルちゃんの葬式に行ったんか」

佐枝は答えなかった。

「それで、店一日休みなんか。商売やっていけっか？」

「私はね、もう四十六よ」

どうしてこれまで生き延びてきたのか……。佐枝は心に呟き、

「生き延びてこなくてもよかったんよ、べつに」

と声に出した。すぐに表の休業札を外しに行こうとはしない。台ふきんをつかんで、カウンターの中から出てくると、窓際の席に座る。拭いても拭いても曇っている。

「だめやろ、汚れてるのはあちら側やで。潮風で外側が曇っとるんや」

成海の素直な声が聞こえる。

「ここを始めて、二十年以上になるわ」

佐枝は気持ちの紐がどこかゆるんでいく気がする。ミツルはどうしていつも飽きもせずこの窓を拭いていたのだろう。

「あの日、重田のかさなる裏切りにかあっと頭の中が熱くなって、すぐに離婚届書いて、重田名義の定期預金三〇〇万を解約して、手で持てるだけの荷物抱えて家を出たのよ」

「出身は、どこやった？　関東やね」

「栃木」

兄夫婦はあれ以来も堅実に農家をやっていて、叔母一家が近くにいる。だが、そこに戻る気は全くなかった。行き先など何も考えてなかった。

「日和丸に立ち寄ったのが運命みたいなもの。ここはもと民宿だった。知らないやろけど。それまで私はここで働いてたのよ。子どももいないし、退屈だったから」

あれから二度と、次のしゃぼん玉は生まれなかった。

あのとき、「日和丸」の主人夫婦からとつぜん、この店をやってくれないかと言われたのだ。おばさんはみごとに腰が曲がってしまっていた。もう娘の住む町の施設に入所も決まっている。早く店の始末をつけたいのだと。――私、お金ないですよ。これしか――と佐枝は三〇〇万のすべてを出して見せた。二人は若い女が現金を持っていることに驚いていた。しかし、なぜとは訊かなかった。――それで十分や。わしらはもう行くところがあるから――。とっさに行く先のない佐枝を救ってくれたのだったか――。

「有り金全部渡したわ。民宿っていっても二階に一部屋あるだけだし、どこもかも傷んでたし。人生ゲームのすごろくにしては一マスも進まずに、正しい買い物だったかどうかわからない」

佐枝は直ちに民宿を止めることにした。一人で手が回るはずもなく、人を雇えるわけもない。二階は自分の住居にして「日和丸」の屋号で階下でめし屋をする。地下には風呂と物置があるが、海岸道に面したその出入り口は佐枝だけが使うことにした。

「しかし……」

と成海は佐枝の方に体を向ける。

「その、もとのご主人、重田さん、の近くで大丈夫やったんか。いやじゃなかった？　なんていうのか、その、向こうは新しい人と結婚したんやろ。人の噂もあっぜ。いくら海辺のさばけた土地柄やっても」

佐枝はふっと息を吐いて成海を見た。

「そんなもんよ。どこにいたって同じよ。いやでも、腹が立っても、どうせ同じ地球の空気吸うてないと仕方ない」

「もう、憎む気持ちもない？」

「思い出しもしない」

そう言いながら葬儀場で吐き気がするような反応があったことが一瞬よぎる。頭の中と体とは、ずれがある。

「店開けるなら、鯖の味噌煮もあるかなー。佐枝さんの味噌煮は絶品やし、久し振りに予約できっかな。おれ、もう一つ気になる用事済ませて夕飯にまた来るわ」

成海はカウンター席から立ち上がる。

「まだ言ってないけどね、開けるって」

佐枝はようやく気持ちを切り替える。成海のグラスに水を注ぐ。

「いや、もういいよ」

制して成海は畳んだ新聞を元のラックに戻した。

出口の戸に手を掛けようとして、そうだ、と振り返る。

「今度、役場のホールで、出土した装飾土器や石器を展示することになった。つまり、調理用の尖底土器や鉢とかすり皿とか」

そう、と佐枝は応える。

「縄文期は想像以上に食料豊富やったんや。今と変わらんぐらい、というのは言い過ぎやけど。しかし、海のもの、山の恵みは豊かで、植林栽培でドングリは収穫して貯蔵してたし、粟、稗、稲も作ってた。ゴボウ、ノビル、緑豆、エゴマ、里芋、ショウガ、タラ、蕗、栗、木イチゴ、ヤマブドウ……」

その先をまだ何か言いたそうに唇を動かしたが、戸を開けると外へ出た。手のひらを一瞬佐枝に見せて駐車場に向かっていく。

佐枝は普段のジーンズ、トレーナーと割烹着に着替え、それから「営業中」の札を出した。

鯵も鯖も朝のうちに捌いてある。あとは、造り、塩焼き、煮付け、酢の物に調理していく。いつものことだった。

緑の濃い小松菜の束を水の中で放して洗う。まな板に載せて刻む。新鮮な小松菜はざくりざくりと音をたてて分割されていく。

四千年前にあの場所で暮らしていた女の手を想像する。指先に神経を集中して、尖ったサヌカイトの石包丁でノビルやエゴマの葉を刻んでいる。鋭く削った包丁はたやすく葉菜を切り離す。日が落ちるまでに急いで煮なければならない。男はもうすぐ戻るかもしれないし、帰ってこないかもしれない。イノシシやシカを追って猟に出て、あるいは舟で海に出たまま。それとも他の女と共に遠くに逃れてもう二度と戻ってこないかもしれない。

まな板の上に盛り上がった、切った小松菜の半分はうす揚げと煮びたしに、半分はさっと湯通しして海老や蛸と海鮮サラダにする。鍋二つで同時進行にして、その間に他の煮物を二品。豆腐とネギの味噌汁。鯖の味噌煮と塩焼き、牡蠣鍋は温かいものを注文を受けて作る。鯵の南蛮漬けはすでにできていた。佐枝の手は勝手に休みなく動いていく。

調理に手抜きはしない。しかし、愛情など込めたためしはない。そんなものはあてにならない。正確な判断と舌の感覚以外何も必要ではなかった。

かつて一度、魚はくさい、嫌いだ、肉料理はないのか、と言った酔客に、「代金いらないから今すぐ出てってよっ、帰れ」と胸ぐらをつかんで喧嘩になったことがある。連れがとりなして、何とか戸を蹴って去っていったが、店の空気が凍りついたのはたしかだ。

それ以来、酒も出さなくなった。ビールの一本も出さない。

「おかみがやさぐれとんのにアルコールが出んのは矛盾しとら。酒、出さんかったら儲けがうすうなっぜ」

と来る客は皆文句を言う。佐枝は知らん顔をしている。客は激減した。しかし、そのうち勝手にコンビニや自販機で缶ビールやワンカップを買って持ってくる。そんなことがあっても、また来てくれる客がいるのはありがたいことに違いなかったが、佐枝の無愛想は変わらなかった。一日でも客が来なかったら、いつでも直ちにやめてしまえる。佐枝は自分で自分を挑発していた。

*

ミツルの腕の入れ墨にはっとして身を引いた。きめの細かい左腕の内側に彫られていた。手首をつかんで覗きこむと、薄絹を張った肌に血も滲むように彫り込んである。「くつ

体操服　学級費3500円」。

「何これ」

ミツルはふぁんと鼻を鳴らした。靴や体操服は持っているのか、いないのかと思ったが、深入りして訊く気はなかった。ミツルもなにも言わなかった。店ののれんを仕舞う頃やってきて、帰らなかった。泊まるところがない、迷惑はかけないということを、組み合わせ悪くことばを並べて言った。

「今も十分迷惑よ」

佐枝は突っぱねたが、ミツルは帰らなかった。薄暗い照明の下、窓辺で眠ってしまいそうなミツルを起こそうとして、その青いインクの入れ墨を見たのだった。

「安全なところに泊まるって言いなさい。ここの名前は出さないで」

佐枝のことばに逆らわずミツルは家に留守番電話とメールを入れたが、翌朝になっても親からは何の反応もなかった。

「わたしはゆうれい家族やから、あの家の電話には聞こえないし、鏡にも映らん。写真にも」

ミツルは笑った。

「あんたのこと信用してるんやろ」

がらにもなく慰めのことばを吐いた。

「永久無視刑犯、生まれたときから」

渋るミツルを無理やり風呂に入れた。新しい下着を与えた。

ミツルは階段下に吊してある箒で開店前の掃除をした。ショウガ入りのミルクティーを佐枝に作った。風邪気味みたいやから、と言った。佐枝はその日、料理を作る自分の機嫌がいいように感じた。

ある日、佐枝は訊いた。

「あんた、私のことに興味があったの」

ミツルは黙っていた。

「いいよ、別に、それで」

「そうではなくて――、興味がないわけじゃないけど、ちょっと苦しくて、ちょっとうれしいような……」

どうしてうれしいのか訊けなかった。佐枝の何がうれしいとミツルは言うのか聞きたくない気がした。佐枝は意地悪な気持ちでいた。

ミツルは泊まっていく日があっても、それからずーっと姿を見せないことも多かった。高校を卒業したのかどうかも知らなかった。ただ、卒業式にはミツルはいなかったと人づてに聞いた。そのとき、ついでの話として、ミツルが警察に呼び出されたことは二、三度といわずあるらしいと聞いた。あの子はどっちかというと被害者やったんやけどな、と付け加えた。どういう事件なのかも島にしては珍しく伝わってはいないようで、親が懸命に火を消してるんだろうと言った。佐枝は、ミツルの多くを知りたいなどと思ってはいなかった。だが、夜、店ののれんを入れながら、不意に後ろをふり返る。島にはいないのか、島を出たのかと思っている自分に苛立っていた。

ミツルは二十四時間営業のガソリンスタンドで住み込みで働いてお金を貯め、タイに行ったのだ。タイの山奥の村に住み、村人や修行僧の写真を撮っていた。そして、一人の僧侶に恋をしていた。結果的に、ミツルが佐枝の前に現れた最後になってしまったのは、ひと月前。正月明けて、変わらない「日和丸」の日常が始まった頃だった。

彼女はデジタル一眼レフのカメラを提げて立っていた。髪にパーマをかけ、ジーンズの破れから、白くて若い膝が見えていた。やせて、見違えるほど引き締まった顔つきをしている。きれいになったね、佐枝はめったにない褒めことばを口にしたが、ミツルは鼻を鳴らしただけだった。

その夜、佐枝はこれまで同様に、二階の和室にミツルの布団も並べて敷いてやった。ただいくぶんいつもより近づけた。

相変わらず海からやってくる波の音だけが、灯りを消した部屋に止むことなく流れてくる。毎夜、その音に全身が浸り、水底に沈んでいき、溺れて眠るのだ。波音は絶え間なく起こり、果てしなく無に近づく。古代から、いや人間などかけらもないときから、波音は気が遠くなるほど繰り返してきているのだろう。

だが、ミツルは眠っていなかった。日本で出家し、二年半をタイの山奥の寺院で修行し続ける日本人青年僧の話を始めた。

「タイではね、僧である限り恋愛や結婚はあり得ないの。人のために働いて、自分の欲から離れて、森の中にこもって瞑想する。自分は何も求めず、みんなの幸せをいつも考えている。はじめ、日本語しか話せないわたしにとても親切にしてくれた。今も、側にいるだけで幸せになる」

「その僧もそのうち日本に戻れば変わるよ」

佐枝は切り捨てた。だがミツルは耳に入らなかったようで、

「写真があるの、今持ってる」

と布団の上に起き出した。仕方なく部屋の電気を点ける。ミツルがショルダーバッグから取り、大事そうに差し出した一枚の写真には、若い僧侶が写っていた。穏やかな表情というよりは、精悍な硬い面立ちをしている。頭は青々ときれいに丸め、黄の袈裟を着て少し上がり気味の目。まっすぐに見ている。こちらを待っている。まるで、初めて歩く子どもを待つように。こんな目は見たことがない、と佐枝は思った。この眼差しをだれもに与えているのだ。黙ったまま写真に見入った。

「好きになってしまった。こんなこと言うのはとんでもないことなんやけど。ほんとは僧侶と目を合わすだけでも許されないのに」

ミツルは息を吐いた。

「次々と助けを求める人が来る。いろいろなものを無くした人、抱えた人。あの人はすべての人に寄り添って、すべての人を愛している。だから、わたし一人を好きになってくれることはない。わたしだけのものにはならない」

「あんたまた、えらく難しすぎる相手やわ。立派すぎるよ。それは人じゃなくて、神様か仏様みたいなもんよ」

佐枝は呆れて言った。しかし、そんな人は止めておき、諦めた方がいいとは、口に出すことはできなかった。ミツルは項垂れていたが、若い修行僧への思いに満ちていた。佐枝はミツルの肩に手を伸ばした。静かに撫でた。ふっとミツルの体が軽くなって、佐枝に寄りかかる。

「そんなに悩まなくてもいい。まだ時間は十分にあるよ」

そんな励ましかできなかった。

この子はこれまで一度も、誰からも、抱きしめられたことがない。いちばん大切だ、大好きだと言われたことがただの一度もないのじゃないか……。佐枝はミツルの細い体を抱き留め、背中を撫でた。その人は立派な僧侶にちがいないけれど、一人の女も愛することができない――。いや、それは求められないか。仏様を自分のものだけにすることはできないか――。

翌朝、細い雨が降っていた。冷えた湿気が、土も空気も重く包んでいた。ミツルは夜遅くの飛行機でタイに戻ると言った。親の家に寄ったのかどうか、訊かなかった。ビニール傘を差し、バス停へ歩いていく姿からは、彼女のどんな答えも見いだせなかった。佐枝は店の前から見送った。

＊

夜のための準備はほぼ整った。まな板を冷水で最後に清め、横に立てて乾かす。手を洗いタオルで拭く。

タイの青年僧はミツルを裏切ったのではないのかという考えが、不意に胸を鋭くかすめる。立派な修行僧といったって、タイの少女に惹かれて、急に還俗して結婚すると言い出すかもしれない。崖から転落して事故死なんて、ほんとうだろうか。

頬をひと筋、二筋流れ落ちるものを佐枝は指先でぬぐう。おとこなんて、信用できない。

馴染みの客が、日暮れた中からぽつぽつとやってくる。自分の気に入りの席がある。カウンターに陣取ったおじさんたちが大声でしゃべって注文する。

「今朝よー、せんどぶりに釣りに出てよ、鯛の大物逃がしてしもてよ。腕がにぶっとら。もう歳だ」

「お前、よおけ食べんのー」

「ここに来るとな、母ちゃんの味が食べられら」

「死んだ母ちゃんの味、思い出すんか」

「ここのおかみは口をきかんで。いつも無愛想な女神様や。けど、料理の旨さは抜群やでな、やめられんわ」

「おかみの冷たいのは、ま、すぐ慣れよっからな。むしろその方が心地ええような気になってくるのも不思議なもんやで」

「牡蠣鍋美味いな、ほんま」

佐枝は表情も変えず、料理を出す。

家族連れと入れ替わりに、成海が戻ってくる。手に缶ビールを持っている。クルマは自宅に置いて、歩いてきたのだ。熱い甘味噌を十分にからめた鯖の切り身を炊きたてご飯にのせ、ふうふうと美味しそうに食べる。

「やっぱりうまいスよ、ここの味噌煮は」

味噌汁をすすり、小松菜も歯切れ良く食べていく。

「腹が空いとるんやー、がっついとるな」

おじさん連は笑う。

「聞いたで、遺跡に赤ん坊が置いてあったて。えらいことやったなあ」

「そうなんですよ。寒いとこに置き去りにしよって、殺す気かっ、何しょんよって腹たったんやけどね、それがちょうど、縦穴住居の真ん中、いろり跡の横でね。その子だって状況が違ったら、家の中心にいたんやろなあ」

成海の顔はすでに赤い。

「赤ん坊はどうなるんや」

「乳児院に引き取られるそうなんやけど、今どきもう満杯でね、県外の施設を探してるらしいです。今はまだ、病院の温かいベッドで寝てましたよ。さっき見てきたんです」

「男の子か？　女の子やったか」

「あ。それは訊かんかったなー、どっちやったんやろ」

「普通、そこは訊くで」

おじさん連はまた笑い、互いに残り少なくなったワンカップを口をすぼめて飲み、言い合う。

「ほんまにどうなっているのやら。四千年前と今が時間が混ざりおうて、ややこしいてかなわんぜ」

「いや、じっさい、みんな混ざりおうとるぜ。四千年前も千年前も江戸も昭和も今もよ。

死んだ人間ばっかりそこら中にふわふわ浮いとるよ。今生きとるわしらなんてどれほどのもんか」

「南方で死んだ兄貴らも戻っとるわな」

「そうや。そのうちすぐにわしらもふわふわの仲間になっぜ」

「わしらも遺跡人間じゃ、千年したら。な、成海さん」

「そうですよ、しっかりきれいな骨で残っていてください、と言いたいとこやけど」

成海は食べ終わった鯖の骨を箸でつまみ上げる。

おじさんたちが連れ立って帰ると、成海は自販機で二本目のビールを買って、春の寒さに震えながら戻ってきた。

佐枝は、流しを片付ける。

「もう仕舞いよるん？　この一本だけ飲ませてや」

成海の頬はいっそう上気して染まっている。

「な、重田さんのミツルさんな、ようここに来とったなー」

佐枝が顔を上げると、

「ごめん、いらんこと訊いてしもたかな」

成海は謝った。

「べつにいいわ、その通りだし」

「自分の娘みたいやった？　あ、また、ごめん」

佐枝は遠い目をしてガラス窓を見た。外は真っ暗だ。雪が舞ってるかもしれない。

「それぐらいの年よね」

佐枝は調理台を最後に拭き終わると、成海の前に、乾しダコとじゃこ煎餅を小皿に出し、自分は水だけ入ったグラスと灰皿をもって、窓辺の席に腰掛けた。

「好きな人でもいたんかな、あの子」

「そう、望んでも得られない人をね」

「しかし人を愛する、いうことはまちごうてないぜ。そうして人類は何千年も何万年も繋げてきたんだ」

「なんでもそこにいくね」

「そうやで、一番大切なことやろ。今に至る営々とした生命の繋がりを支えてきたのは、人が人を愛したからやで」

窓の外には常夜灯の光がにじんでいる。海岸へ下りていく石段の途中に常夜灯は立っている。

縄文の人は日暮れたら、眠るほかなかっただろうか。長い冬の夜はどうやってしのいだだろう。火の側で泣く赤ん坊をあやして、乳を与え、死んだ子どもを思っただろうか。おんなたちは出産で自らも命を落としたかもしれない。

「縄文のおとこたちはね、みな骨折が治らんまま動いて、それが歪んで固まってしもうとるって、大学の先生が話してたな。そうや、この間、足跡も見つかったんぜ。大人のおとこと子どもの足跡。親子やったんかなあ。湿地を裸足で歩いてたんや。土器や道具類とはまた違って、見た瞬間、胸がふるえたわ」

成海に思いを読まれた気がして、あら、と佐枝は心に呟く。

「佐枝さん、離婚したのって二十代やろ。もう結婚はせんのか」

成海のことばに、煙草に火を点けようとしていた佐枝は、ふきだす息で消してしまう。

「なに、それ。役所の調査？」

「いや、ごめん」

佐枝はまた海の暗さを見つめる。小さな灯が動いているのは、ブイに付けられた港の位置を知らせる灯だろうか。

「いつの時代でも、人間の前にあるのは大自然と、事故と病気やな。ずっとそれと闘ったり、折り合ったり、負けたりしながら、やってきてるんや」

成海もカウンター席から海を見ている。

*

役場に行った帰り、出口の自動扉に向かおうとして、何気なくすぐ横の開いているドアに目がいった。「資料室」とプレートがあがり、棚に様々な大きさの土器が並んでいるのが目に入る。気がつくと、立ち止まって覗いていた。

「まあ珍しい人や、日和丸の佐枝さんやね。入って見ていかんか」

中から声がすると同時に、エプロン姿の女性が出てきて手を引く。いつも野菜を買っている農家の嫁さんだ。

「パートでちょっと復元作業手伝ってるんよ」

部屋の中を見渡すと、大きなテーブルいっぱいに土器の破片が広げられて、その周りにあと二人同じエプロン姿の人がいる。

「興味のある人には、見てもらってええことになっとるんや。めったに来んけどね。そのうち展示会するみたいやし。これからちょうど休憩やから、ゆっくり見て」

佐枝は頷いて、二人に目礼して部屋に足を踏み入れる。赤茶けた破片の一つ一つに、遺跡名、出土地点を注記している。バラバラに広げられた大量の土器片から、同じ色や曲がり具合、厚みなんかを考えて探し出し、繋いでいくのだろうか。石膏やボンドが置いてある。

「触らしてもらってもいいかな」

「残」と書かれたかごの土器片を指して訊く。

「ええよ、私らも素手で作業してるんや」

あっさりと答える。

「成海係長も帰ってないしな」

もう一人が笑う。

佐枝はそっと一つを手に取る。ざらりとした煉瓦のような質感が伝わる。しかし思う以上に繊細な軽さだ。皿の一部だったのか、壺だったのか、手に載る破片は元には戻れない。

成海が縄文人の足跡を発見して、胸がふるえたと言ったのを思い出す。

スチール棚に何十と並べられた復元土器を見ていく。

「ろくろもない時代に、よくこんな確かなかたちにできたもんやね。この尖ったのは底を直に土に挿して火で炊いたりしたのやって。係長に聞いたんやけどね」

パート嫁さんは明確な発音で話す。深鉢も、少量を入れるような浅鉢もある。何を炊いたのだろう。ドングリやトチの実をつぶした石皿に、かき混ぜ用のスプーンまである。

「今より2℃も温暖で、縄文海進て言うらしいんやけど、海面が上昇していて、ここら辺も豊かな暖流が流れこんだんやて」

その話は、「日和丸」でも成海がしていたなと佐枝は思いながら、土鍋を作る名人なんかいたのかもしれない、と想像する。潮の流れをよむ名人も、食べられる野草を見つける名人もいただろう。

佐枝は礼を言って、資料室を出た。駐輪所で自転車のキーを外すために屈んでいると、

「佐枝さん、か。なんで」

成海の声が背中でする。

「いま、ちょっと資料室、覗かせてもらったわ」

「ほーか、珍しいお客さんや。そや、頼みがあるんやった、佐枝さんに」

成海は一息入れてから続けた。

「こんど、村のホールで出土品の展示するって言うとったぜ？　そんときに、縄文の食事を作ってみてくれんかな。再現って正確にはできんでも、雰囲気が味わえたらええよ。考えてくれんかな。返事は今でなくていいから」

「無理よ、私になんか。何を言うてるの」

佐枝は逃げ出すようにペダルに足をかける。

「いや、あんたをおいて、村では誰もいないと思ってる」

「遺跡のことばかり考えて、常識が分からんようになったんやないの」

「たしかに、もうほとんど向こうの人間になってしもとら」

成海は自分でも可笑しそうに笑った。

＊

久し振りの浜辺だ。海のそばに住んでいるのに、めったに波打ち際まで来ない。もうずいぶん前から、夏場以外日曜は休業にした。海水浴になど、地元の子どももやって来ない。

貝殻も減った。かつての、見はるかす豊かな砂浜ももうない。昭和バブル期に持ち上がった、都会へ直行する橋を架け、隣村の入り江を埋め立てて工場誘致をしようという計画は、中途でつぶれ、やりかけた埋め立て地は今もそのまま放置されている。そこにソーラー発電の板を並べるという話を最近耳にした。

誰もいない、明るい浜辺を歩く。薄いショールが風をはらむ。

足元から波が波をもっていき、また波を連れてくる。その音は止むことがない。四千年前の人の耳にも、自分の耳にも同じリズムでずーっと波音は続いている。佐枝は繰り返す波をただ体で感じた。自分もその波長の中にいる。それだけだった。

成海は言った。

「海はな、千年のあいだ雨が降り続いてできたんぜ。燃える地表がやっと一〇〇℃を切ったとき、最初の雨がポツンと降った。それから延々千年間、降り続いたんや。地球の歴史から見たら、縄文時代なんてつい昨日、いや違うな、つい今し方のことやで」

海は地上の様々な成分を溶かし込んだ。塩分も。だからしょっぱいのだそうだ。

海水で藻塩が作れただろうか。旨味はコンブも魚もあった。知らない間に縄文人の味付けを思い描いている自分に苦笑する。甘味は何だろう、果実か……。

蜂蜜はどう？　ミツルの声がする。メープルシロップとかもあるし、カエデの樹液はどうかな。

成海に頼まれたのは五日前だ。断ったつもりだったが、頭の中には次々と浮かんでくる。海に向かって立つ。広大な空の真正面に立って風を受ける。ミツルは、飛んでいったのだ。身を捨てて、彼にずっと抱かれているために。そう思いたかった。ミツルは美鶴だった。佐枝はミツルをその美しい漢字表記で思うことにした。

浜から店に戻る。県道の入り口ではない、海岸の方の出入り口に向かって、コンクリート打ちっ放しの白い細道を歩いていく。人ひとり通ることのできる急坂をゆっくりと上がっていく。またいつものトラ猫が座って佐枝の足取りを見ている。佐枝は屈んで、猫の耳のトあたりを撫でる。心地よさそうに目を閉じている。遺跡に置き去りにされた赤ん坊はどうしているだろうか。生きていくしかないのだ。生まれたのだから。佐枝は胸に赤ん坊の体温を感じた気がした。

振り返ると、海面に光の粒が沸き立っている。波音が耳に響いた。

めし屋「日和丸」に戻ってくる。脱いだショールを椅子の背に掛ける。

ガラス窓を順に開けていく。鍵を外し、一つ一つ外に向けて押しひらく。風が海から入り込む。

厨房に立つ佐枝は蛇口から流れ出る清冽な水で手を洗う。清潔なタオルで拭くと、厚いまな板の上に鯛を載せた。全開の窓の向こうに空と、海のきらめきが見えた。

ゆれる、膨《ふく》らむ

バックミラーには途切れない車の列が映っている。渋滞はどんどん裾を伸ばし、パズルのように道路を埋めていく。光を返すフロントガラスが重なる。その間から、一台の自転車が出てくるのを多都子《たづこ》は見つけた。銀色の車体は、ためらいもなく頭を突き出す。若い男の子だ。ジーンズの長い脚が器用にペダルの重心を移す。水の上をぎくしゃくと直進移動するように進んでいく。交差点を猛進して反対車線に入ってくる車。急ブレーキ、急ブレーキ。激突音が青空に爆ぜる。空気が瞬間冷凍される。音が真っ白になる。道路に横たわる少年の体。ぐにゃりと曲がったハンドル。つぶれたタイヤ。自転車の形はもうない。

多都子はハンドルを握る片手をはずし、とっさに眼鏡を押さえ焦点を合わせる。

車は大きくよけて平然と走り去った。少年を乗せた自転車はとっくに通りを渡り終え、商店街の路地遠く消えていく。危なかった。不意に見えてしまった光景は、じわりじわりと多都子の体を突き抜け、薄れていく。多都子はいくども瞬き、音をたてて深呼吸をする。

いつからか、何を見ても、その変わり果てた姿が立ち上がりまざまざと見えるようになってしまった。眼鏡のせいだ。もう合わなくなってきて視界がふいとぼやけるから見たくもないものを見てしまう。笑いさざめくような満開の花を眺めているのに、枯れて枝に引っかかる姿が重なる。屋上で手を振る子どもはその瞬間、空中に躍り出、手を広げて落下する。輝いているものが、一瞬の間もなく色あせて壊れる。

夫が亡くなったときに、ぼうぼうと流れ続ける涙のために眼鏡は邪魔でしまい込んだ。運転を機に再び探し出してきたその遠近両用眼鏡は、乱視が進んだせいか、押さえて凝視しないと細部が明確にならない。歩くと足元が浮かび上がる。近視と老眼の境のところで突然視界はゆらめく。しかし数万円出して眼鏡を買い換えるということの優先順位は低いままだ。

免許を取ったのは五十二歳のとき。夫が急死して一年後だった。毎日、片道三十分自転車のペダルを漕いで教習所へ通った。母親になって以来、内職以外給料をもらったことのなかった多都子が今、六十を越えても働いてられるのは、運転ができるからに違いなかった。

クラクションが鳴る。信号はまだ赤だ。だれもが少しずつ苛立っている。秋なのに蒸し暑い。大気の中にかすかな悪意が漂っている。昨日も、一昨日も震度3の地震があった。日本列島を覆っている、血管模型のような地震帯と、そのあいだに複雑に入り込んだ自分たちの暮らしを思い描く。土も空気も揺れている。多都子は、信号機がゆっくりと青緑色の眼を開けるのを待ちかねて発車する。

焼き上がったばかりのバゲットパンとスライスしたサンドイッチ用食パンを、市内にある三軒のレストランに配達してきた。きょうは、いったん勤め先の「スージー」に戻ったらそのまま帰るつもりでいる。

焼きたてパンの店「スージー」は洋風住宅が目立つ新興住宅街の坂の途中にある。五分走っても頂上に行き着かない長い坂道で、途中、店の構えに垂直に道路に一本のラインが残っている。下水道工事かガス工事の跡なのか、そこでいつもクルマが小さくバウンドする。眼鏡がずれる。

免許を取ってまもなくの頃、日が暮れた通りに温かな光を落とす「スージー」を見た。思わずクルマを停めて、大きなガラス窓から中を覗いた。忙しく動く店員、賑やかな声、高い天井にいくつもの電灯が光を交差させていた。幸福を袋に入れて売っているような気がした。窓の下にパート募集の張り紙があり、多都子は迷わずドアを押した。パン職人コンクールでメダルを獲得したという店長と奥さん、他はすべてパート従業員だ。今も店の表には張り紙が揺れている。それを見るたび、多都子は、若い子とうまく働いていく方法などを思いめぐらす。

きょう、柚里《ゆり》が帰ってくる。夫の松沢に伴われて帰ってくる。妊娠七カ月の体だ。新潟空港から飛行機で一時間半だそうだ。大丈夫なの、と電話で幾度か訊いたが、長く電車に揺られて乗り換えしたりするより、ずっと負担が少ないに決まってるわよ、と軽い笑い声で答えた。

これまで柚里はほとんど親の手を煩わさない娘だった。就職も結婚も自分で決め、迷いもなく新潟に住み着いた。それが、出産三カ月も前から母の元に戻ってくるのは少し意外だった。「新潟に僕の親戚がいるわけでもなく、まだあんまり知り合いもない新婚なので、お母さんの側にいた方が安心だとふたりで考えて――」と松沢は言った。新婚のところで照れくさそうに途切れる。もう結婚して五年になるのだった。

去年、下の娘、絵利が結婚して、多都子は一人暮らしだ。久し振りの家族で気持ちは弾むが、「スージー」の仕事は減らさなければならない。その分他のパート仲間に負担がかかるだろう。もう一人雇ってくれたらいいが、自分がクビになるのも困る。今からでは仕事は探せない。きょうも早退できるようにシフトを替えてもらっている。病院での診察日も出産日前後も休むことになるだろう。店長夫妻は気安く了承してはくれたのだが……。多都子は何度か繰り返してきた考えをまた廻らせ始める。

助手席に置いてあるバッグの中で、ケータイが鈴の音を響かせる。

クルマを店裏の駐車場に入れてバッグを探ると、メール受信の青い光が点滅している。急いで開けようとして、多都子は一瞬手を止める。玲子さんからだ。今日の彼女は遅出だから店に入る前に送信したのかもしれない。多都子より年齢もパート歴も二年上だ。毎日「スージー」で一緒に働いていて、互いのことは何でも知ってしまった気でいるが、柚里が戻ってくることを彼女には言っていない。妊娠したことも言ってないかもしれない。

玲子さんにも独身の娘が二人いる。彼女は四十超えよっ、と喚くが、たしか四十一と三十八歳。柚里が結婚を決めたときも絵利のときにも、玲子さんは落胆した様子を隠さなかった。「うちの子はどうしてかな……。いいわね、次々と決まって……。わたしの夢はね、一日も早く孫と出会うことだったのよ。そんなことは娘二人いればごくあたりまえのことだと思ってたんだけど、そうじゃなかったわね……」

ため息がこぼれ落ちる。

「偶然ご縁があっただけよ」

多都子はそれ以上何も言えなかった。玲子さんには、退職後も働く夫がいる。

「ほんとにいいわね……。羨ましいを越して、妬ましいぐらい。初孫誕生ももうすぐよね」

重ねて言った。それがどこかに引っかかっていて、先延ばしにしていた。シフト変更の影響は彼女にもいくはずではあったが。メールを開ける。

——娘さん、おめでたなんだって？——

思わずケータイが滑り落ちる。やはり、他から先に伝わってしまったのだ。助手席の下に指を伸ばして、ケータイを探す。首がぎくりと音をたてる。やっと手の中に拾い上げると、とたんに文字はなおも目を開いて立ち上がってきそうな気がして、指先を引っ込める。止め方を知らないニュース配信だけが地震予報を流していく。

裏口のドアを開けてパン工房に入る。換気扇がフルでまわっているが、巨大な業務用オーブンの口からは二百度の熱気が吐き出される。焼き上がったばかりのチーズパンを、若い木下さんがトレーに並べている。彼女の頭の三角巾はいつもゆるくて、ずり落ちそうな気がする。一人息子を朝一番に保育所に預けてきて、夕方四時には必ず着替えてお迎えに直行する。息子が病気の時は実家の母親に応援を頼み、ほとんど欠勤せずに働いている。夜明け前から工房に出る店長は、休憩に入っているのかもしれない。この時間には、翌日用の半分以上は成形も終わっている。奥さんは作業台でクリームパンを作っている。

「ただいま、配達から戻りました。すみませんが、きょうはこれで――」

多都子は配達車のキーを壁のフックに掛けながら、ガラス戸越しに客のいるテーブル席のあたりに目をやる。玲子さんの後ろ姿が見える。

「いよいよお嬢さん、帰ってくるんだったわね。久し振りでしょう」

奥さんは、多都子より十、年下だった。裏表のない、サバサバとした働き者で、彼女の人柄も「スージー」が繁盛するのを支えている。

「いろいろご迷惑をかけます。ちょっと実家に帰るの早いと思うんだけど」

多都子は言いながら、メールが気になって、玲子さんの背中を目で追う。

「あら、早くないですよ。早産も怖いし。ほら、病院たらい回しなんかも最近多いから」

分厚いグローブを脱ぎながら、木下さんが早口で話に入ってくる。妊婦に事故が続いている。出産中に脳出血を起こし、受け入れ病院がなく手遅れになったというニュースが甦る。受け入れ拒否した病院の閉じられた窓が映し出されていた。

玲子さんは拭いたトレーとトングを店内のスペースに補充している。

木下さんは続ける。

「わたしの時も大変だったんですよ。出産までに四回も入院したんです。生まれるときも出血多量で母体をとるか、赤ん坊の命かっていうところまでいっちゃったんですよ。今でも思い出すと足が震えてきますよ」

「お嬢さんは、おいくつだった」

奥さんが、まだ話したそうな木下さんを遮って尋ねる。

「たしか、今年の九月で三十三歳」

「あら、それって厄年ですね」

木下さんの声に、レジに移動した玲子さんがいっしゅん振り返ったのが見える。厄年。その一言が一枚の葉のように多都子の胸にふわりと落ちていき、葉先に含まれたかすかな毒が染みていく。厄年って何だっただろうか。災難のある年ということか。災いって、何のことをいうのか。出産か、それ以外か――。葉裏に貼り付いていた「不幸」や「不運」「不安」という文字が瞬間、ぺらぺらと白く翻る。

「厄年なんて、占いみたいなものよね。昔はよくね、わたしのおばさんなんかもうるさくお参りに行かせてたけれど。でも、今は寿命自体が違うものね」

奥さんのことばに、木下さんは小刻みにそう、そうと頷いて付け足す。

「とりあえず安産祈願だけはいきましたよ、わたしも、せっせと」

改めて挨拶すると、「お大事にね」といったことばに送られて再び裏口のドアを押す。お客の応対をしていた玲子さんとは目を合わすことがなかった。

自分の軽四に乗り換える。エンジンをかけたままケータイを手にする。今のうちに片付けておきたい。が、やはりうまい返信のことばは浮かんでこない。——娘さん、おめでたなんだって？——玲子さんの声が聞こえる。「どうしてわたしには教えてくれなかったの」と、その先には続くのだろうか。それとも、「どうしてあなたのところだけなの」だろうか。多都子はごめんなさい、とキーを押し、いや、やはり謝るのは変だ、と消してしまう。諦めて、柚里を迎えに空港に向かった。


柚里は後ろの座席をリクライニングして眠っている。軽自動車で揺れるはずだが、来る前に髪をカットしてきたらしく、十代の少女のような寝顔をしている。

家まで、高速道を三つ乗り継ぐ。空港の国内線到着口で一時間近くも待った。なにかにつまずいて転んだのではないか、それとも気分が悪くなったのかと、次々に浮かんでくる、うずくまる柚里の姿を躍起になって消し続けていると、やっと二人は現れたのだった。

「大事な荷物が一つ、紛れてたのよ」

と柚里はあっけらかんと言う。マタニティ用のジーンズに、ふわりとしたポリエステルのブラウスを重ね着したお腹は思った以上に膨らんでいた。「あー、お腹が空いた。何か食べていこうよ」という柚里のことばに、空港内のセルフ食堂で夕食を済ませた。柚里はトレーの上にミンチカツだの、中華炒めだの、サーモンマリネだのと載せ、食後にアイスクリームを頼んでいた。悪阻で食べられないと聞いていたのに、信じられない量だ。

「最近、急に食べられるようになったのよ」

柚里は丸い目をして笑った。

「お母さん、また運転の腕を上げましたね」

助手席の松沢にほめられて、多都子は少々饒舌になる。

「わたしの運転じゃ、ほんとは心配で眠ってられないんでしょ。毎日近所は走ってるけど、高速なんてめったに乗らないのよ」

「いや、実はお母さんにお話ししておかないといけないことがあって――」

多都子は、笑いを残した松沢のことばの先を、少し身構えて待つ。

「まだ柚里には話してないんですが、さっき内々の連絡があって、またしばらく中国に出張になるようなんです。以前から、工場移設で関わってきて、今度、中国国内向けの工場を新たに増設することになったんです。行きがかり上、時々行くことになると思います」

「お休みはとれる」

「と思うんですが——。出産にはなんとしても立ち会うつもりでいるので」

多都子は安心して頷く。

「中国って、広いんでしょうね。どの辺りか聞いて、分かるかな」

「内モンゴルです。出かけて行くには非常に不便な地域ですね」

松沢はしばらく、多都子が興味をもちそうな中国の珍しい話をしてくれる。

築二十五年になる二階家は、住宅街の外れ、道が大きくカーブした先に一軒だけ離れて建っている。売れ残っていた建て売りのその家を、夫は静かな環境が気に入ったといって、費用の大半を住宅ローンでまかなって購入した。夫は地元の引越し会社に勤めていた。若い頃は現場で梱包や積み下ろしもしていたが、しばらくすると内勤に替わった。しゃべり下手な性格で、営業には向かないようだった。夫が倒れた日、ちょうど台所や風呂場のリフォーム業者がやってくる予定だった。かつて引越し現場で同僚だった人がやっているというので、新たなローンを組んでまで、すでに代金の全額を支払っていた。だが、夫が亡くなって気がつくと、その業者は倒産して行方も分からなくなっていた。借金だけが残った。経営不振のために夫の退職金はいくらもなく、しかしそのお金で水が漏れていた浴槽だけは取り替えたのだった。

多都子はいつものように注意深くブレーキを踏みながらカーブを曲がっていく。かすかな勾配を感じる。

松沢は一晩泊まっただけで、翌朝早く本社に出勤した。その日中に中国工場の現地調査に向かうのだという。柚里は平気な顔をして笑って見送っていた。

柚里との生活が始まる。多都子は朝食の用意ができても起き出してこない柚里に、台所から声を大きくする。久しくなかったことで、自分の声に驚く。和室に落ち着いたはずの柚里を見に行くと、暑いからと掛け布団もはねて、巨大な海洋生物のように横たわる。

「こっちの病院で早く診察受けておかないと」

「分かってるわ。そんなに慌てなくてもいいよ。出産の予約は確保してあるんだから」

「だけど、ちゃんと状態を診ておいてもらわないとね」

『大丈夫よ。お母さんも二人産んだんでしょ。母親が安産だったら娘も受け継ぐんだって」

何をのんきなことを——と多都子は、まだ一度も陣痛を知らない娘の表情を眺める。

「ね、安産祈願のお参りとかしたの。お守りもらいに行こうか」

「いらないよ、そんなもの」

即座に柚里は答える。

「そんなお守りに頼っていたら、もしそれが無くなったりしたときに大騒ぎして探し回るわ。不安になるじゃない。だから初めからそんなものは持たないの。そういう主義」

「もっと大きなことの安心のために持つんじゃないの、みんな」

厄年の災いや不安ということばは出せなかった。

「それが逆転するのよ。言わなかったかな——。高校入試の当日、試験会場でね、もう始まろうかというとき突然泣き叫んだ子がいた。持ってきたはずのお守りがないって。初めからお守りなんて持ってなければそんな不幸に陥らなかったわけだし。ちょっと迷惑そうな雰囲気が流れ出してね。みんな本番の時なんだから神経乱されるわよね。そしたら一人の女の子が立っていって泣き喚いている子にお守りをあげたの。『これ、もってて』って」

「自分のお守りを譲ってあげたの」

「そう、だけどその子、五個も六個も持ってた、きっと持たされてたのよ。重いほどね。一つぐらいどうってことなかったのだと思うわ。それで、無くした子も一応落ち着いたし、譲った子も軽くなったしね、みんなもほっとした」

「二人は合格した？」

「どうだったかな――。入試のときの顔と、入学後の友達の顔って違うのよね――。だからどの子が泣き叫んでた子かなんて覚えていない。今、ふと思い出しただけよ。要するにわたしはそんなことはどうでもいいのよ」

守り神を手に入れたために煩わしいことも起こりうると断定する、柚里の表情を見ながら、多都子は頷く。しかし、厄年も出産もその事実が消えたわけではないのだ。

多都子は家中の窓を開け放し、肌掛けも綿毛布も窓辺で思い切り振るった。

「やめてよ、お母さん。埃がかかる」

柚里は頭からすっぽり白いシーツにくるまってしまう。はっとして多都子は体が強ばるのを感じる。何に反応したのかはすぐには分からない。

「それも払うのよ」

無理やり白いシーツを引きはがそうとすると、柚里は両手でシーツの先をつかみ子どものように笑っている。くくっと喉の奥で声を殺して笑い続ける。

「早く、放しなさいって」

自分の声が細かくちぎれていく。指先が怯えている。あのとき白い布に覆われていたのではなかったか。頭から足の先まで輝くような白布に覆われていた気がする。

夫の体はそうして病院から戻ってきた。

あの朝、いつものように夜明けと同時に起き出した夫は、川沿いの五キロをマラソンし、シャワーで汗を流して出勤前の時間を馴染んだソファでくつろいでいた。新婚の時に買った二人掛けで、もうスプリングが壊れかけていた。何の不安もなく元気なはずだった。

「きょう、走っていてねむの花を初めて見たよ。土手に根をはってる大木で、何の木だろうとずっと思っていたんだ。ピンク色の、なんていうか、羽のような、冠のようなきれいな花だった。これがねむだってすぐに分かった」

自慢そうに話した。普段以上の機嫌の良さだった。

多都子は、ずれた眼鏡を押さえる。

「早くっ、放して」

病院へは駐車場に近い裏口から入る。スチールの傘立てが並ぶ。忘れられた傘が干物のように隅に残っている。廊下は古く、いたるところで剥がれ、そこに明らかに違う色のタイルが埋められていた。地方の公立病院の経営難は、多都子の町でも同じようだった。蛍光灯の下の壁際に、古びたレザーの長いすが並び、順番を待つ患者で埋まっている。彼らは皆黙っている。待合室にたどり着いた安心感と、診察室のドアを開ける前の不安が、病院独特の、酸味を帯びた空気を吐いている。名前を連呼する看護師の声に、時折子どもの泣き声が、低い天井あたりで混ざっている。

だが、産科に行き着くと、様子は一変する。クリーム色の壁に貼られた、赤ん坊を抱く母親の笑顔のカレンダー。シェルフに並ぶ、出産、育児関係のはなやかな雑誌。同じ古びた長いすだが、そこにあふれるのは、妊婦たちだ。彼女たちは皆、顔色は青ざめてはいるが、十分な脂肪に包まれ体温が高いからか、部屋にも熱気が充満している。

若い看護師が名前を呼び、年上の助産師が診察室の中に招き入れる。余計な笑顔はない。動きのゆるい妊婦をてきぱき誘導する。予約診療だが、時間内にとうてい捌ききれない数の妊産婦が、検査や診察を待っている。多都子は隅のパイプいすを出して腰掛ける。柚里は尿検査、体重・血圧計測の札のかかったドアの向こうに行っている。

診察室のカーテンがやわらかく開く。臨月近いと思われる妊婦が、車いすで運びだされる。ざわついた待合室では気に留めるひとは少ないが、多都子は、彼女の涙を見てしまった。目のまわりも赤かった。どうしたのだろう、なぜ泣いてるのかしら。考えられるのは、良いことではなかった。車いすの後を付いている小柄な女性は、妊婦の母親に違いない。人の良さそうな丸顔に、多都子と同じように眼鏡をかけ、口をきつく結んでいる。

柚里が戻ってきて、隣に腰掛ける。

「今日の先生が一番の人気でね、一カ月先の予約も取れないんだって」

「出産の予約は大丈夫だったの」

「うん、だけど、出産のときはどの先生が当番かそれこそ分からないわ」

医師の人気の差は腕の差なんだろうか、といっしゅん思いめぐらす。

柚里はマタニティ雑誌を一冊取ってきて、膝の上で広げる。多都子は先ほどの妊婦のことは話さない。柚里がページをめくるのに合わせて、多都子の目も動いていく。マタニティウェアはもちろん、新生児用の布団や家具、宮参りに着せる豪華なベビードレス。

「たくさんあるね」

「安いのからブランドまでね。そうだ、お母さん、ベビードレス、縫ってね。ほら、私のウエディングの余りぎれがあったよね。それでいけるんじゃない」

上出来ではなかったが、柚里の結婚のときにシンプルなウエディングドレスを縫ってやった。それを絵利も着た。赤ん坊の小さなドレスなら、時間もかからず作れるだろう。多都子は家に残っているはずの白いサテンやレース地を、頭の中に広げてみる。

「なんだか実感、湧かないね」

「そりゃそうよ。その服を着る子はまだ世に出てないんだもの」

柚里は言いながら、手のひらで突き出たお腹を撫で、そうだ、いいもの見せたげると、母子手帳に挟んだ写真ブックを取り出す。

「胎児の画像よ。超音波の。ほら、七週からこれが二十八週。新潟のクリニックでもらったものよ」

手渡された白黒写真には、見慣れない扇形の闇があった。雑な線書きの中に、白い小さな異物が引っかかり、月数を追ってしだいにそれは手足や頭部のある丸まった物体になってくるようではあった。

「これが赤ちゃんなの。なんだかまるで異世界の生き物ね。ぬめぬめした感じだし」

初孫などとはほど遠い不気味な白い幼虫めいたものが、しかし毎回健気に成長していた。

「羊水の中に浮いてるのよ。黒いのが羊水。液体は黒く映るんだって。今はね、もっとリアルに見えるのよ。3Dとか4Dとかね、立体なの。まぶたも爪までも浮かび上がって見える。産院で高い料金払えば撮ってくれるわ」

多都子はいつまでも白黒平面写真を見つめ続ける。しかしどのように目をこらしても、それが生きている赤ん坊の顔や体なのだとは見えなかった。

二時間きっかり待って柚里はやっと診察室に入る。こんなことなら柚里を送っておいて「スージー」に行けたのではないか、と気になる。レジに立つ玲子さんの後ろ姿がいっしゅん過ぎり、そうだった、まだ返信をしていないと思い出す。ふと、空気が入れ替わった気がして、多都子は体を硬くする。

「付き添いのお母さんも赤ちゃんのエコー、見ますか」

診察室のドアが開いて、看護師から呼ばれる。多都子は緊張して、思いの外広い診察室に足を踏み入れる。ブラインドの窓辺は明るく、超音波診断の機械を操作する医師は温和な眼差しを多都子に向けた。

ベッドに仰向けに横たわる柚里のお腹は、発酵しすぎて空気をいっぱい含んだパン生地のようだ。その表面に粘ついたジェルが塗られ、ゆっくりと洋ナシ型の器具が動く。

「ずいぶん活発な子のようですね、ほら、足で蹴ってる」

パソコン画面は、さっき柚里から見せられた写真通り、白黒の斜線の世界だ。

とつぜん、深い暗黒から、白いものが伸びてくる。それが胎児の何なのか、いや、それが生きている赤ん坊なのだということすら、画面を見つめる多都子にはよく分からない。

「これまでの写真を見せたら、人間には見えないって気味悪そうにするんです」

柚里が頭を起こし、多都子のことを医師に言いつける。だが同時に医師は口を開いた。

「そりゃ、当然ですよ。初めからヒトの形をしているわけじゃない」

定年も近いかと余裕を感じさせる医師は、笑みを浮かべて続ける。

「受胎した瞬間から子宮の中で三十五億年の進化の歴史がたどられるのですよ。一円玉に満たないほどの体長のときには、エラ穴がありシッポもあった。魚と同じだね。それが肺がつくられ、カエルのように陸での呼吸生活ができる状態になる。一週間で一億年を飛び越える。それからハ虫類、哺乳類へと進み、うぶ毛や爪が生えてくる。そうして、ようやくサルと同様、髪の毛も発生し、ヒトにたどり着くわけですよ」

「サカナからヒトまでですか」

多都子はあらためてエコー画面の中の胎児を見つめる。その進化の様子をこの装置はまざまざと覗き見ることができるということなのだろうか。

「女の子ですか、先生」

柚里が訊く。そんなことまで見て取れるのか、と多都子は目をこらすが、うごめくものから何も答は得られない。

「みたいだね、隠れてるかもしれないけど。ほら、見えますか、グーパーしてるよ」

五本の指のような形が見えた。壊れそうな華奢な骨組みで関節を動かしている。

「お母さんが、少々太り気味だなあ。これからまだ赤ちゃんは大きくなるんだけどね、体重は極力増やさないように。怖い病気も起こりうるからね」

言いながら、医師はカルテに記入していく。着衣を整えてベッドから下りた柚里は、さらに横の小部屋で助産師から生活指導や出産までの注意を受けることになる。

「いいですか、先生も言われてましたが、これ以上は太ってはいけませんよ。今はね、栄養状態がいいから、お腹に赤ちゃんがいるからって、人よりたくさん食べる必要ないんです。むしろ、食べ過ぎの弊害が大きいんですよ」

多都子は神妙に頷く。が、繰り返しの注意も柚里には応えた様子もない。

「細々とお小言並べられたね、大丈夫なのに」

クルマの助手席に乗り込みながら、柚里は呟く。ほんとうに大丈夫なのか。多都子はかすかな不安を指先に握りしめてハンドルを持つ。

「ね、お母さん。たしか、美味しいカレー屋さんあったよね。もう、お腹ぺっこぺこ」

屈託もなく柚里は甘える。太ってはいけないと言われた医師のことばを思い出す。カレーは太らないだろうか。家には残り物の里芋しかない。

結局柚里は、カレーと鉢一杯のサラダをおいしそうに食べ、その上、ね、わたしがおごるから一つだけ、とプリンパフェを頼み、ほとんどを一人で平らげた。

「おいしいって、つくづく人生の幸せ。やっとこんなに食べられるようになったんだから、夢みたい。ほんとうに、二人分お腹が空いて、たまらないのよ」

柚里は子どものように笑いつづける。


「金魚を飼っているのよ」

と玲子さんは話し出した。もう一年ほども前だ。

「もとはね、長女が勤めてるオフィスの水槽で飼われてたのだけど、その水槽が壊れたらしくて、女子社員が手分けしてそれぞれ金魚三匹と藻をポリ袋に入れて持って帰ったの。金魚はすぐお隣さんにあげたんだけど、ふと見ると、うちのガラス鉢に小さいのがいっぱい浮いてるじゃないの。ひとりだったので驚いて飛び上がったわ。よく考えてみると、藻に付いていた卵がいっせいに孵ったんだった。その二ミリにも満たないのが百匹近くいたかしら。またもや、左隣に、隣の隣にと持っていっても、数えて二十六匹も残っているの」

数字ははっきり覚えていない。だが、玲子さんはそのときちんと何匹かを言った。玲子さんは二十六匹の金魚の一匹一匹について話す勢いで、延々と最初から丁寧に説明した。多都子はレジ回りを片付け、棚を拭きながら聞いていた。

「でもね、二十六匹がみな同じように育つわけじゃないの。毎日、一匹、二匹と水面に浮いてね、減っていくのよ。金魚なのに赤くならないで、白いまま死んでいくの」

どうしてそんな話を思い出したのだろう。

カーラジオからニュースが流れてくる。夜明け頃山陰沖で起きた地震により、各地で四ヤンチ潮位が上がった。フェリーから乗用車が海に転落。一家四人が乗っていた。母親が見つからない。墜落する水音と、海中に落ちていく無音の冷たさが同時に多都子をとり囲む。水の泡がうずまく。沈んでいく。息苦しい思いで左折のハンドルを切ると、対向するクルマの運転手が笑っている。多都子は瞬きを繰り返す。まとわりつく泡たちを振り払う。再び、金魚のことを考え始める。藻にしがみつき、卵から孵った稚魚たちはあれからどうなったのだろう。とっくにみんな死んでしまったのだろうか。メール受信を知らせる鈴音が狭いミニバンの中を飛び回る。多都子はハンドルを握る指先に力を入れる。

信号で停車したついでに急いで開く。柚里からだ。「お母さん、パン買ってきて。コンクールで金賞とったクリームパンとメロンパン。ついでにドーナツも！」柚里はやっと起き出しておそらくパジャマのままでケータイメールを打っているに違いない。

配達を終えて「スージー」に帰り着くと、十二時を過ぎている。きょうは奥さんが見本市に行くのでと、朝の出がけに言われた。その代わりに玲子さんが十一時から閉店の六時まで入っているはずだ。

裏口から工房のドアを開ける。パンを入れて運んだ木箱を戸棚の上段に両手で押し入れる。この小さな作業も肩と腰にぎくぎくと響くようになってきた。せめて中段にしてほしい。しかし、そんなことを申し入れたら、多都子さん、やっぱり六十を過ぎているんだね、と染みを一、二滴落とす気がして言えない。手を洗い、手指の消毒をする。

「ご苦労さん」

いつもは無口な店長が、奥さんの不在を取り繕う。

「ただ今戻りました」

「フェリーから落ちた車は絶望みたいだ。いったい何やってたんだろうな」

工房の奥に店長用の狭い休憩室があり、そこで小型テレビがせわしなくしゃべっている。

同じニュースを聞いていたようだ。

「突然、心の準備もないまま……」

「そうだよなあ、不幸は急転直下、良いことは努力しないとやって来ん」

テレビは次のニュースを伝える。破綻する地方財政。野菜の高騰……。

「いくら待ったって景気もよくならないしな」

店長は抑揚もなく、一軒のレストランが食パン配達の打ち切りを言ってきたと伝える。

「業務用に替えるらしいよ。十円の値上げですぐこれだからな」

言いながら首を上げて焙炉《ほいろ》の温度上昇をデジタル表示で確認する。次のパンが二次発酵をしている。よし、と小さく声をかけるとすぐに、ブザーが鳴り出した横のオーブンの扉を開ける。取っ手のハンドルを引く。

ステンレスの扉がゆっくり手前に倒れてくる。

多都子は否応もなく映り出てくるものに身構えて、瞬きを繰り返す。白い手袋をはめた職員はハンドルに力を入れて、炉の扉を開け、焼け消えた棺を載せた台を引き出した。あふれでた熱気が体を包む。巨大オーブンの奥深く、熱い闇があらわれる。瞬きをしながら闇を見つめる。

「よほどパンが好きなんだな」

店長のことばに、多都子は慌ててさらに目をしばたたいて、眼鏡をかけ直す。フランスパンは布製の台に載せて、窯の中で直焼きにする。店長は柄の長いちり取り状の道具で、テント地の台の上に焼けてころがるパンたちをすくい取る。多都子はそのスチール製器具の名前を知らない。が、いつ見ても店長は楽しそうにする作業だった。ブールパンは色よく焦げ、中央の裂け目が大きく膨らんで息づいている。すばやく手袋をはめ、紙を敷いた籐かごに一つ一つ並べていく。焼きたての柔らかさが手に伝わる。

「パンは熱くて柔らかで、赤ん坊みたいだ、といつも思いながら焼いているんだ。毎日毎日、赤ん坊の誕生日だね。ところでお孫さんは何人だった」

店長は言いながら、次々とちり取りにパンを載せて出してくる。

「この年で初めての孫なんですよ」

「この頃は祖父さん祖母さんになるのも遅くなってるんだな」

「わたし自身子どもは二人生み育てたんだけど、もう全部忘れてしまって役に立ちません。自分のときはどうにかなるわって平気だったのに、娘の出産は何か心配で落ち着かなくて」

言いながら、そうか、そういうことかもしれないと多都子は自分のことばを聞いている。

「娘の出産て、そんなものかな。何でも不安の材料になる。そんな時代かもな」

かごに並べたブールパンを店に出す。横に焼きたての表示を立てる。カフェコーナーの方に玲子さんがいる。彼女の視線が水平に延びてくる。妬ましいという言葉を聞きたくないだけだと多都子は心中に言い訳する。

二人連れの客がトレーを手に、デニッシュパンの前で迷っている。コーヒーを飲んでいた男女の三人客が立ち上がり、レジにやってくる。多都子はレジ台に待機する。玲子さんはテーブルを片付ける。背後の工房では、店長が調理台を拭いている。午後からは明朝焼くパンの残りの仕込みをするのだろう。その前に休憩に入るのかもしれない。

多都子は「ありがとうございました」と頭を下げて喫茶の客を送り出し、次のパンの客のトレーを受け取る。代金をキャッシャーに入れ、「スージー」の赤いロゴマークが入ったポリのレジ袋に、香草パン、食パン、栗クリームのデニッシュパンを順に手首を曲げて丁寧に収めていく。レジ袋がたてるキュシャキュシャという高音が店中に響き、耳の中に反響する。客はドアを開け、遠ざかっていく。

振り返ると、工房の中に店長の姿はもうない。片付けていた玲子さんも洗い場に行ったのか、見えない。客も店員もだれもいないというのはほとんど経験がない。工房の換気扇のうなりだけが低く響いてくる。窓の外で、トネリコの緑の小葉が重なり合って揺れている。細い枝がかすかに動き、葉のそよぎは止まりそうになりながら、その瞬間を待っている。ドアの向こうをクルマが一台通り過ぎていく。

突然、陽が翳る。道も窓も店も、さぁーっと光を奪われる。見慣れた店の見慣れたドア、見慣れた床が、色をなくしていく。一瞬に何もかもが退き、失われていく。多都子は一人、翳った中に残されて引き込まれていく自分を戻すことができない。

「そのねむの花、あしたわたしも見に行っていいかな」

返事はなかった。そんな瞬間が人生にあることを知らなかった。ふり返ったとき、夫のまわりには音がなかった。無音の囲いは夫を包み、多都子を排除していた。夫の体は静かに痙攣していた。見たことのない、遠い世界の顔つきだった。目はどこかに飛び、顔面は血の気もなく、口からよだれが垂れていた。ネジを巻かれたように揺れ続ける痙攣。小刻みに体中が震え、そして突然すべてが止まった。夫の頭は急に重くなった。彼は何のことばも声すらももらさなかった。あの震えと重みだけが多都子の体に残っている。消すことはできなかった。

かたんと食器の音がして、玲子さんが洗い場から戻ってくる。その姿はレンズの向こうにぼんやりと浮かび、しだいに揺れながら焦点が合わさっていく。背筋はバレエ教師のようにまっすぐだし、エプロンにはいつも完璧なアイロンがかかっている。

「きょうのお昼時はひまね。みなさん、サンドイッチよりも麺類に行っているわね」

言いながら、レジカウンターに立って多都子と共にトレーとトングを拭いていく。爪も磨かれて光っている。「美容室に行ったらついでにやってくれるのよ」玲子さんは指を持ち上げて微笑む。

「気温や湿度が一度違うと、スーパーでも売れ筋が変わるっていうから」

多都子は食パン五枚切りを補充しておこうと、スライサーを準備する。

「晴れてさわやかな日はサンドイッチ。曇って肌寒いと麺類ね」

あのメールはもうどこか埋もれて分からなくなってしまっている。返信が来ないのを玲子さんは気にしているだろうか。それとも、彼女も忘れてしまっただろうか。

「前に言ったかしら、うちの金魚がね――」

玲子さんは突然話を変えて言い出した。多都子は顔を上げて頷く。気になっていたのだ。

「ついに、昨日、一匹だけになってしまったの。他のは小さくて育たなかったのよ。水槽まで買う羽目になって、酸素を送り、エサもきちんとやってたのだけど、全部その子が食べるような勢いでね。お腹がでっぷりと巨大になって。オレンジ色の尾びれをひらりと揺らして水槽の角をゆっくりターンしてるわ。ところが変な癖がついててね。そのターンの時に、とても器用に体を傾けるのよ。斜めにゆらりと。あんなことってあるかしら。太りすぎなのかな――。傾き方が日に日に大きくなってくる気がする。お腹を突き出して。まさか、妊娠ってことはないだろうし――。もう、最後の一匹もダメかもしれないわね――」

玲子さんは息を吐きながら笑った気がした。多都子は落ち着かなくなる。妊娠ということばが出て、何か言わねばならない気がする。だが、金魚の様子から急に柚里の出産間近の話をするのも変だし、「ダメかも」と言った玲子さんのことばに続けたくはない。多都子はまた結局、柚里の話はできない。

「薬はないのかな、訊いてみたら――。ペットショップで」

慌てて話をつなぐ。

「わたし、自転車だからね。行動範囲内にペットショップはないわね」

玲子さんは赤い自転車で「スージー」にやってくる。それがとても似合っている。彼女の家には珍しくクルマがない。クルマなどなくても不便のない、駅前のマンションに住んでいるのかもしれない。以前、お金持ちだからかえって健康のために毎日自転車に乗っているのだろうと多都子が言うと、玲子さんはいつになく高い笑い声をたてた。

「あなたって、ほんとに素直ね。それじゃリフォーム詐欺にあうのもよく分かるわ」

「私じゃないのよ、夫が契約してしまったの」

「訴えればいいのに。被害届も出してないんじゃないの」

多都子は唇をすぼめた。

「自分たちもバカだったたし、昔は仲の良い同僚だった人だし」

玲子さんはさらに笑い続けたのだった。

「帰りにペットショップに寄ってみようか、一軒だけ知ってるわ」

多都子は言ってみる。

「いつでもいいわよ、ついでの時で」

玲子さんが断らなかったことに多都子はいくぶんほっとする。

多都子は五時までのパートだ。交代で炊事場に入り昼食をとる。玲子さんは「主人のついでに作ってきたのよ」と言って、リバティの花柄ナプキンに包んだ弁当箱を開ける。

店は四時前に急に混み始める。五時をまわり、客が途切れたのを見定めて、柚里からの注文であるクリームパンやドーナツを買って「スージー」を出る。奥さんのクルマとすれ違う。

帰り道の県道沿いに、思い切り駐車場を広げたショッピングセンターがある。記憶は曖昧だが、その並びに古くからペットショップがあったはずだ。

多都子は間口の広い店に入っていく。出入り口は前後にあった。窓はなく、壁面すべてにケージが並べてあるせいか、灯りは点いているのに空気は行き場のないように蛍光灯色に澱んでいる。子犬や猫、ウサギ、ネズミの小動物のケースから、小鳥のケージ、そしてエサや器具類が積み上げられた通路を抜けると、熱帯魚やメダカの水槽が棚の上段まで並んでいる。エアーポンプを取り付けられた水槽は、どれも緑っぽく沈んで、光を反射している。小さな水泡が噴き上がる。グッピーは群れて光り、メダカはすばしこく水面を移動する。金魚は——と思いながら探していく。出目金や蘭鋳の赤や黒の尾びれのしなやかさ。ごく普通の金魚はいないのかしらと今度は店員の姿を求めながら歩き回る。

熱帯魚のエサと書かれた袋を大量に抱えた店員が、事務所らしいドアを押して出てくる。

多都子は小走りに追いかける。

「卵から生まれた金魚でね」

店員は目に笑いを浮かべる。変なことを言ったなと多都子は思うが、構わず続ける。

「たくさんいたのだけど、よく食べる一匹だけになってしまって、それが、動きが変でね。時々、傾いて泳いでるらしいんです」

「太ってますか、そうとう」

「ええ、そうみたい」

「お腹の部分が膨らんでる」

「と言ってました」

「それで、体が傾いた感じなんですね。仰向いてますか」

「いえ、斜め泳ぎだと」

「うーん、それはおそらく、てんぷく病。そう、船がてんぷくする、あの転覆です。そのうち、全面的にひっくり返ってきますよ。治療法ってないですよ。浮き袋が原因とか言われてたんですが、不明ですよ。薬はあるにはあるんだけど——、あんまり効かないんですよね。ずっと水面にお腹出して浮いてると、乾いたところから皮膚がやられていくし、わざわざ沈めたら死んでしまうし、助けてやれないんですね」

多都子は自分が想像以上に気落ちしているのに気づく。玲子さんの予想通り、ダメだったとは言いたくなかった。ペットショップに行こうかと申し出たとき、何かに賭ける気があったのかもしれない。急にはらはらと不安が湧き起こる。海に沈んでいく車が見える。何かが近づいてくるのではないか。泡のようにつかめないものがふくらんでくる。

「ずっと、見てるだけ……」

「あ、でも、薬はあるんですよ、一応」

慌てて言うと、店員は棚のあちらこちらを探し回り、やっと小さな箱を取り出してきた。

「これを一日に一回水に入れてください。元気になればいいですね」

多都子は礼を言って買って帰る。

「てんぷく病……」

パーキング出口をゆっくりとハンドルをまわして左折しながら呟いてみる。おかしな病名だけど状況は悲惨だ。あのフェリーから落ちた車の母親は助かっただろうか。ラジオをつけるが、もうニュースはそのことにはとっくに興味を失ったように何も言わない。

家は暗い。門灯も点いていないし、ガラス窓は黒い漆器のようにぬめっている。

多都子は自分で玄関の電灯を点けながら冷たいスリッパに足を入れる。また寝てるのかしらと、柚里が荷物を置いて寝室にしている和室を覗くがだれもいない。

「柚里っ」どこかに出かけた？　どうやって。こんな時間に――。

もう一度名前を呼びながら二階へ上がると、かつては二人共有の子ども部屋で、今は多都子が寝ている洋室のドアが少し開いている。草色の長袖チュニックを着た柚里は床に座り込み、部屋中に葉書が散らばっている。

「退屈だったんで、ちょっと見てたのよ」

ちゃんと留守番をしていた飼い猫のように人なつこく笑う。

「絵はがきって、どれもなんか淋しいのよね――。意地になって淋しくないの見つけてやろうと思って。これ、みんなお父さんが集めてたの」

柚里の周りに広がっていたのは、夫が若い頃から旅行先で買い集めていた絵葉書だった。勉強机の引き出しに入れ込んだまま処分せずに忘れていた。

「集めたものはみんな残っているのに、本人だけがいなくなったねえ」

多都子も膝をついて、一枚、二枚と手に取る。色あせた山や湖や浜辺の写真は、どれも静まりかえっていた。ここに夫がいないのと同じような違和感が、その中にも漂っている。

「人が写ってないから淋しいのかな、ね、これはどうかな、桜のお城」

多都子は、手から落ちた葉書を見ない。

「どうしたの」

「みんな処分するわ。ほしいならあげるけど」

眼鏡を押さえて立ち上がりながら、ゆっくりと体から冷たい波が退いていくのを待つ。

「いらないよ。ベビードレス早く縫ってもらおうと思って、布地を探しに来たら、つい大量の絵はがきなんか見つけちゃったのよ。それより、クリームパン買ってきてくれた」

柚里はばさばさと絵葉書を拾い集める。

夕食は買ってきた生サンマの塩焼きに、カボチャとタマネギ、豆腐のみそ汁、そしてキュウリ、わかめ、とりささみの酢の物を作る。

「ヘルシーね」と言いながら、柚里はうれしそうに大根おろしをサンマにかける。

食卓の片付けも早々に、ウエディングドレスの余り布を出してきて、ベビードレスのデザインを決める。

「女の子ならフリルを多めにして華やかな方がいいよね。これって、退院のときに着るわけ。それとも三十五日」

多都子は肩をびくっとさせ、柚里を見た。

「あ、三十五日ってお葬式の時だっけ。生まれたときは何て言うの、三十日？　お宮参りだった？　ややこしいね」

柚里はソファの膝の上でスタイルブックをめくる。これ、かわいいね、と、胸に上質なレースが波打ち、リボン飾りのあるケープ付きドレスを選ぶ。モデルは髪の薄い西洋人形だ。実際の赤ん坊でないことが何か落ち着かない。基本ドレスは白いサテンで縫って、あとはベールの余り布やレースを利用すれば簡単にできそうだ、と多都子は考えた。

二十年以上も前に、洋裁教室に三年ほど通った。娘が二人いるので、洋服を手作りできれば安上がりだろうと思った。確かに、ウエディングドレスもはるかに安価に作れたが、すでに老眼は進み肩も凝る。もう、このベビードレスが最後かもしれない。

「型紙は今夜中に裁つわ」

多都子は段取りを考えながら、羽衣のようなシフォン布をたたんでいく。

「お母さんがスージーに行ってる間にわたしのできることはするからさ」

「何してくれる？　まつり縫いやっててくれる、それとも夕飯作ってくれる」

「うーん、じゃ、各種電話番やっておくわ」

多都子はあきれて、柚里の膨らんだ顔を眺める。

「いいから、早くお風呂に入って。母さんも疲れたから」

「じゃ、一緒に入る？」

言いながら、柚里は突き出たお腹を庇うようにソファのアームに手をついて立ち上がる。

風呂の中から、張りのある歌声が聞こえる。子守歌のつもりなのか、ゆりかごも母の胸も、でんでん太鼓もごちゃ混ぜだ。

「入るよ」

声をかけて風呂場のドアを開けると、湯気の中で湯船から出たばかりの柚里とぶつかりそうになる。多都子はぎょっとする。

そこに立っているのは野生の雌ジカだった。大きく突き出た腹部は赤茶けて生々しく、水をはじいている。ふくらんだ乳首は黒く充血している。固く膨らませたゴム風船に粘土を押しつけたようだ。柚里は肌だけは白くなめらかで、母親から見てもひそかに自慢のできる美点だった。しかしいま孕むという野生にまみれて、美しいなどとはとうてい言えない。多都子は半開きの唇のまま、ことばが出てこない。

「何をびっくり人形みたいに止まってるのよ、お母さん。妊婦はね、グロテスクな色に変わるの。外敵に襲われないためよ。聖母のような美しい妊婦なら、子どもを守れないじゃない。すべては子どものためよ。脇の下の美肌も真っ黒よ、たまんないわ。お母さんだって三十三年前には妊婦をやったわけでしょ」

「自分の時のことはすっかり忘れたわ。もう大昔よ。それにしても、お腹ってこんなに大きくなるもんなんだね――」

多都子は、あっけらかんと言い放つ柚里を前に、あらためて娘の体の変化に目を見張る。おへそは裏返ってなくなってしまっている。巨大な肉塊は一分のゆるみ、たるみもなく緊迫して保っている。その中に赤ん坊が存在するなんてやはり想像が及ばない。ほんの数カ月で何十センチも伸びる物がほかにあるだろうか。その上、出産終了後はすみやかに収縮していくのだ。早く出産しなければ、大きさを競い合ったカエルのお腹のように破裂してしまわないか。多都子は目をそらした。

「ほら、動いた。分かる、ここ。もう窮屈なのよ、きっと」

出っ張った肉塊が絞られるようにかすかに歪む。

「足で蹴ってるわ」

多都子はそっと柚里のとがった腹の表面を撫でてみる。

「こんど病院に行くのはあさってだったね」

湯船に浸かりながら尋ねる。柚里はドアに手をかけて、振り返った。

「そうよ、またクルマ、よろしく」


病院は相変わらず混み合っている。

多都子は、会計窓口に並ぶ柚里を待って、やっと空いた長いすに座っている。きょうは診察室の中にもついては行かなかった。助産師と共に出てきた柚里は、

「また叱られちゃった――」

と舌を出した。

「いっぱいですね、特にきょうは。なかなか会計も呼ばれませんね」

とつぜん、長いすの横に荷物を置いた女性から話しかけられる。親しげな丸顔にめがね。どこかで見た記憶がある。多都子は体をずらせて席を空ける。女性は静かに腰掛ける。

「しばらく娘が入院していましてね、きょうやっと退院なんです」

「どちらの科に」

つい、訊いてしまった。

「ええ、実は、死産だったんですよ。十カ月の月満ちて、そろそろ予定日だというときに急にお腹が冷たいとか言い出して――」

小さな叫びが胸を突く。あのときの、車いすの後にいた母親だ。

「急いで病院に来たときにはもうダメでした。陣痛促進剤を打って二日がかりで死んだ子を産んだんですよ。おめでたの人とは別の、少し離れた個室に入れてもらったんだけど、でも夜静かになるとね、赤ちゃんの声が廊下の壁づたいに聞こえてきてね……。ずっと娘は泣いていていました」

『お気の毒に……」

多都子はことばがなかった。自分の娘も来月出産予定なのだとは言えなかった。柚里がやってこないようにと願った。早く立ち上がって柚里を探した方がいい。

「赤ん坊には名前をつけて、きちんとお葬式もしました。準備していた純白のベビードレスを着せてやりました。娘は出られなかったんです。ずっと回復しなくてね、入院が長引いて。子どもはいないのに、母乳はあふれてくるんですよ。可哀相でね、近頃は、お腹の大きな人を見ると悲しくて仕方がないって——。憎悪まで感じるって泣き出すのでね、きょう精神的なケアをしてくれるクリニックを紹介してもらったんですよ」

多都子は深く肯く。深く。

そのとき、多都子を呼ぶ声が響いた。

「おかあーさんっ」

手を振っている。多都子は反射的に飛び上がる。隣の女性への挨拶のことばも口の外に浮き出てつかまらない。お・だ・い・じ・に・し・て——。

柚里の方へ歩きだす足がちぐはぐだ。背後からの視線を思って痛い。

「お母さん、なに、どうかしたの」

柚里の問いにも答えられない。多都子は手のひらで眼鏡を支える。驚いて、じっと後から見つめているだろう、今頃はかわいい孫を抱いているはずであったあの母親にも、憎しみはないだろうか。出産前の妊婦に対して、ぽつりと黒い染みが湧き起こるかもしれない。

特にこんな能天気な娘には。

「何でもないの」

多都子は瞬きながら、柚里を抱くようにして歩いていく。

家に帰ると、すぐに昨夜のおでんを温め直し、昼食にする。デザートは何かある？　と冷蔵庫を覗く柚里を置いて、「スージー」に出る用意をする。クルマのキーを手に持つ。

「行ってくるわよ」

ふっと、ソファの上に目が落ちる。裁ち終わり、裁ち目かがりも済ませた布が、ふわりと薄紙に包んで置いてある。今夜から縫い始める予定のベビードレス。赤ん坊の、一度も開けられなかった目蓋。ぴたりと合わされた唇。小さな遺体に着せたと言ったベビードレスの白いフリルがゆれて浮き上がる。

眼鏡を押さえつんのめりそうになりながらクルマを発進させる。通い慣れた道だ。何も意識しないでも、適当な場所で勝手に足はブレーキ、アクセルを踏み換え、指は右折のウインカを操作し、ハンドルは回っていく。自動操縦のように、多都子の頭は上の空で、クルマは「スージー」に向かっていく。

少し、落ち着いてきて、ラジオのスイッチを入れる。

また、地震。震度4。三十代の自殺者増加。雇用不安。派遣労働者の首切り。就職率過去最低を記録。毎日、大皿に盛った不安のせん切りを食べ続けている。そうしていつか、消化できない膨大ないらだちが体中を覆っていく。どこに進めば雲のように膨らんだそれを排出できるのか。声に出して叫ぶ者も、黙って耐える者も、忘れようと遊ぶ者も、みな同じ不安な目をしばたたいている。天気は下り坂だ。今夜から雨になる。

昨日、中国出張中の松沢から電話がかかった。

風呂を洗っていた多都子の側にやってきて、柚里が言った。

「しばらく帰らせてもらえないって――」

「しばらくって、どれくらい。まさか半年？　ひょっとしたら単身赴任になったりするの」

のんびりした柚里の表情が珍しく曇る。

「そうかもね――」

つまり松沢は出産に立ち会えないということだ。深く吐く息が風の音に聞こえる。

多都子は赤信号にはっとして、ハンドルを持ち直した。

炊事場の隅で玲子さんに金魚の薬を手渡す。買ってから三日がたつのにすれ違いばかりだった。

「ごめんなさい、毎日持ってたのに渡せなくて」

言いながら、小箱と共に店員に聞いてきたことを急いで説明して、多都子は配達に出る。ポリ袋に入れたサンドイッチ用食パン五本とフランスパン八本を木箱三つに並べ、順にミニバンに積み込む。玲子さんが最後の一つを持ってくれ、クルマの前で薬の代金も渡される。

「てんぷく病って、マンガみたいな病名だけどおそらくそれに違いないわ。例の金魚はね、もう泳いでるというような状況じゃないのよ。あがきながら浮いてるって言うか、エラやヒレをばたつかせてエサに近づこうとするんだけど、どうもがいても口にエサは入らないのよ。だってお腹がふくれて浮いてるんだから。まさに転覆してるわね。痩せてきそうなものなのに、一日、一日ますます太る一方よ」

多都子はエンジンを掛け出発する。もう、柚里に菓子パンを買って帰るのは止めよう。たとえ余りのパンを無料でもらえても、それで柚里がどんなにうれしそうな顔をするとしても。多都子の頭の隅で、それらの言葉はつながって飛び交い始める。

バックミラーの中に立つ玲子さんが手を振っている。彼女は一度も、送ったメールのことを言わない。多都子ももう柚里の話をしないままだ。このまま言わずに、何もなかったかのように過ぎていくのだろうか。返さない言葉。戻ってこないボール。その上に時間だけが落ち葉のように積み上げられていく。埋もれたことばは朽ちていくのだろうか。それともいつまでもじーっと目を開け続けているのだろうか。多都子は後ろに向かって片手を挙げた。道路向こうはスポットライトが当たったように、家や庭に光があふれている。それを見ながら、深い日陰の道をスピードを上げていく。

夜中、二階の寝室で、多都子はふと目を開ける。突然目蓋を弾かれたように、はっきりと目が覚めてしまった。予定日まであと十日。大きくなりすぎた子どもはどうなるのだろう。眠っている間もずっとそのことが闇の中を漂っていた。医師は言った。

「もう、いつ生まれてきてもいいぐらいだね。むしろ早く出てきてもらいたいですね。二千九百、いや三千グラムあるかもなあ。これ以上大きくなっては――」

あとは訊けなかった。どうなるというのだろう。早く産まないと。早く、はやく。体を動かしなさい、とまた助産師は言った。公園の掃除でもすれば――。多都子の呟きに、

「こんなお腹で箒持って公園にいたら、目立ってしようがないよ。フライドチキンのおじさんに間違われるよ」

柚里は可笑しそうに笑った。

家が鳴る。ぎ、ぎぃぃ、と深夜の家中にきしんだ音が響いていく。多都子は柔軟性がなくなった自身の体のきしみを聞いている気がする。柚里は和室で休んでいるはずだが、もう普通に仰向けに寝ることはできないでいる。寝返りもできないだろう。布団を重ねて背もたれを作り、そこに体を斜めにもたせかけて、軽い上布団を羽織って眠っているはずだ。

多都子はゆっくりと掛け布団を外して起きあがり、冷たい階段を下りていく。

ダイニングキッチンの電灯が点いている。柚里が起きている。パジャマのままでパソコンの前に座っている。

「どうしたの、何かあった」

声が高くなる。

「目が覚めただけよ」

「松沢さん？　つながるの、帰って来られるって？」

「違うよ、お取り寄せよ。お母さん、もう菓子パン買って来ないし」

多都子の喉はいっしゅん、唾液をつまらせる。

「何言ってるの、柚里。これ以上太ったらどうするの。もういつ来るか分からないのに。動かないと生まれないのよ。産まないといけないのよっ」

「ははっ、大丈夫よ。焦って生まれてくるわけじゃなし。お母さん、心配しすぎよ。昨夜《ゆうべ》だってまた見に来てたでしょ。足音忍ばせてそーっと襖を開けて、わたしの周りをゆっくり歩いて。何かに取り憑かれてるんじゃないの」

「柚里……」

頭を振る。

「分かったわ」

突然、柚里はパソコンの蓋を音をたてて閉じる。

「お母さんが出かけたら、体操でも掃除でもなんでもやるわ。ウマやネズミ以上に」

勝手なことばをまき散らしながら、柚里はＣＤケースを抱えて引き上げていった。そのまま朝まで寝付かれずにいた。

早めに家を出てきた。柚里はまだ眠っているはずだ。土手下にクルマを停め、川沿いを歩く。冬至も近いが、よく晴れて風もない。ジョギングの人と何人もすれちがう。

夫が亡くなって数年後、思い立ってこの川沿いを歩いたが、ねむの木を見つけることはできなかった。花の咲く六月にも日傘を差して来てみたが、羽のような冠のようなピンクの花はどこにも咲いてはいなかった。すでに伐り払われてしまったのか、それとも、亡くなる直前に夫が見たものは、ねむの花ではなく、何か、特別なものだったのではないか。多都子は何度もそんなことを思い、答のない渦の中にはまってしまう。

空は、澄んでいる。呼吸を止めたような青空だ。玲子さんの金魚の話はもう聞いていない。初めのうちは「水槽を叩くとヒレが揺れる程度に生きてるわよ」と言っていたが、「全く良くならない、期待はしてないわ」が二、三度続いてからは、互いに金魚のことは話さなくなった。転覆した金魚はただ一匹だけ水槽に浮かんで何を見ているのだろう。プラスチック製の壁のなめらかさか、泡粒が消えていく瞬間か。多都子は自分が金魚になったような気分で青空と、走り去っていく人の背中を眺める。

エプロンのポケットの奥で携帯電話が振動している。柚里からだ。予定日まで三日。配達から戻ったばかりの多都子は息を吸い込み、混み合った店内を見回す。

レジ前にはパンを載せたトレーを持つ人の行列。今朝、十パーセントＯＦＦのチラシが入ったのだ。奥さんが素早くパンをポリ袋に入れ、木下さんがキャッシャーのボタンを叩いている。テーブルも満席。玲子さんは、立ち上がった客のカップや皿を見る間に片付け、次の客を案内する。

工房ではコック帽を被る店長が、焼き上がったばかりのパンが載る黒い鉄皿をオーブンから引き出し、次々とラックに滑り込ませる。多都子はポケットを気にしながら籐かごを準備して、両手に手袋をはめる。使い込まれ油が染み込んだ鉄皿に行儀良く並ぶ熱いパンたちを、籐かごの中に素早く移していく。

「粒あんパン、角切りチーズパン、ハチミツメロンパンが焼き上がりました」

多都子の声が店内に届くと、行列から振り向いて買い足しに戻る客もいる。奥さんの側までは行けそうにない。多都子は再び工房に戻り、店長の姿を目で探す。背をかがめてミキサーを洗おうとしている。多都子を認めると先に言い出した。

「小麦もバターも値上がりなんだよな……。パン屋つぶしだよなあ。また値段を上げなきゃいかんかな……。どうなるんだろうねぇ、この世の中。どこも悩んでるんだろうがなあ」

「すみません、ちょっと娘が気になるので、電話かけさせてもらいます」

驚いた表情で顔を上げる店長を後に、裏口から外に出る。

電話に出たのは柚里ではなかった。公園の前に一人住まいをしている丸山さんだった。

「あなた、大変なのよ、お嬢さんが野犬に襲われちゃってね」

足元から波立つ。

「大丈夫、何ともないよ」

横から柚里の声がする。

「公園でね、それは丁寧に隅々まで掃除してたわよ。一時間以上。屈んで草取りもし、溝の落ち葉も掃いて。この体で、大変よ。あなたのところ、公園掃除のお当番だったの。こちらから見てると気の毒でね、お手伝いしようかと出て行った時よ、突然、犬が走ってきて襲いかかったのよ。はじめはお嬢さんが持ってた長箒に飛びついてね、それから離れない。お嬢さんも叫び声を上げてなんとか引き離して箒を取り戻そうとするんだけど、食いついたまま唸ってるの。わたしは、持って出ようとしていた短箒とプラのちり取りをガンガン鳴らして走っていってね、驚かそうとしたんだけど、なかなか放さない。お嬢さんが諦めて箒を投げ出した瞬間にね、わっと吼えてスカートのあたりを――」

「嚙まれなかったわよ、心配いらないよ」

「でも、病院に行った方がいいわ、ぜったい。何かあったら取り返しがつかないわよ」

柚里は丸山さんの家で休ませてもらっているようだった。柚里の声には緊迫した調子は全くない。だが、工房に戻ると、主人は、

「すぐに帰ってやった方が良いよ。状況が状況なんだから。こっちは何とでもなるよ」

とミキサーを洗う手を止めて言う。「すみません」多都子は謝り、エプロンを外す。レジの行列は続いている。

帰ると柚里はまだ、公園真向かいの丸山さんの家にいた。

「お母さんが迎えに来るまでここにいなさいって言ったのよ。一人じゃ、何が起こるか分からないじゃないい、ね」

丸山さんは早口で言う。柚里はココアとビスケットを出してもらってうれしそうにしゃべっている。多都子は幾度もお礼を言い、柚里と共に歩いて帰る。柚里のスカートの裾は引きつれ、スパッツも汚れていた。

陣痛が来たのはその夜更け、零時をまわっていた。多都子は家が鳴るのを聞きながら、また体を起こし、階段を下りていっていた。目の前に、柚里が立っていた。その白い顔に、思わず多都子は娘の名を呼んだ。

「なにか、ちょっと変。もう生まれるのかしらね。効果てきめんよね」

言いながら、柚里の体はがさがさと震える。

「病院に電話」

言ったとたん、さらに柚里の顔が歪む。見ると、スリッパの足元に、水がひたりひたりと溜まってきている。

『どうしよう』

柚里は屈み込みそうに中腰になる。

「破水したね、きっと。すぐ行かないと」

多都子は遠い自分の経験を呼び起こす。破水は大量ではないように思える。羊水が全部出てしまったりしたら胎児の命は危ないに違いない。

「十分にあったかくして。ナプキンを当てて服を着替えて」

着替えだの、タオル、洗面具、赤ちゃん用品、分娩用品を玄関に運ぶ。冷え切ったクルマにエンジンをかけ、荷物を積んでいく。紙袋三つにビニールバッグ一つ。

「大丈夫。松沢にメールするわ」

「中国じゃないの」

「そうだった――」

松沢が仕事をする村は、電波が届かない。電話が通じるには、彼が都会に出てこないといけない。柚里は体を押し込んだ助手席で、小さく咳をする。震えているのかもしれない。

赤いランプが点る救急の入り口から入る。その一画だけが白々と明るい蛍光灯の光を奥に延ばしている。ここを通るのは二度目。夫を運ぶ担架と共に走ったのだった。

病院は眠っている。灯りを消した待合いのソファが深い息を吐く。多都子は瞬きをして、何も見ない、何も聞かないように息を詰める。二人が歩く廊下の隅も、押していくコンテナの車輪のきしみも、染み出てくるものの一切を遠ざける。

産科に上がると、助産師と若い看護師が待ちかまえていた。破水の疑いのある柚里はすぐに診察室に入れられる。だが、先に出てきた看護師は、

「まだ分娩には時間がかかりそうですので、病室に入っていただきます」と、ドアの外にいる多都子に伝える。

足音を忍ばせて、暗い三人部屋に入っていく。ドアの一番手前のベッドを示される。この部屋に赤ん坊の気配はない。入院着に替えることや荷物の確認、書類の記入を小声で指示したのち、看護師は柚里のベッドのカーテンを一瞬のうちに閉める。衣ずれとカーテン

レールを走る音が後からついてくる。手際よく、胎児の心音測定器をベッド横に設置して、幾本もの線の末端を柚里のお腹につける。

突然、小太鼓の音が大音響で鳴り響く。夜半に動物たちが失踪するひづめの音にも聞こえる。聞いてるうちに自分の胸の鼓動が速くなる。こんなに速く、こんなに激しい音をたてているものが、小さく柔らかい赤ん坊だとは了解できない。緊迫した状況で戦闘態勢に入る兵士の靴音のようだ。

さっきまで平気な表情で呼吸を繰り返していた柚里が、顔をゆがめ歯を食いしばる。

「十五分おきになってきたみたい」

多都子は柚里の腰をさする。

「こうすると楽になるよ」

柚里の呻きが掛け布団に沿って流れてくる。腰から太ももまで手のひらに力を入れてさする。しばらくすると、柚里の呼吸は落ち着いてくる。

「今夜中に生まれるかな」

いつもの柚里の声だ。

「初産は時間がかかるものよ」

「お昼頃には二人になって並んで寝てられるかな」

多都子は頷いて暗い病室を見回した。

他のベッドはきっちりカーテンが引かれてどのような人がいるのか窺えないが、看護師の動きで、隣は産んだばかりの人だと思われる。柚里のベッドだけが慌ただしい。二回のノックののち、看護師が入ってきて、

「どうですか、少し進んだみたい？　痛みの間隔は」

訊きながら、柚里の様子を調べる。多都子は隅に立って、小声で尋ねる。

「分娩室にはどれぐらいになったら」

「二から三分間隔ですね。まだ間があるみたいね。今、二十秒の痛みが六分おきだから」

多都子は深く息を吸い、静かに吐く。病院にいるのだからもう安心なのだ。この、これから駆け上がっていく激痛を乗り越えさえすれば、きっと、お昼頃には落ち着いていられるにちがいない。繰り返し、自分に言い聞かせる。「スージー」に連絡を入れておいた方がいい。明日は出られるとしても、午後から。いや、それはとても無理かもしれない。今夜は徹夜になるのだから。

ケータイを持って廊下に出ると、多都子は体を伸ばす。背骨がまっすぐに立っていない。

「スージー」の奥さんあてにメールを打ち始める。一文字、一文字探していく。高齢者仕様の、文字の大きな液晶画面だが、それでも見えにくい。

だが、いくら朝の早いパン屋だといっても、メール着信音が深夜三時に鳴っては申し訳ない、と思い直す。連絡はしなければならないが、夜が明けてからにすればいい。ケータイの画面をニュースの帯が流れていく。多都子の目はぼんやりと光る文字列を追っていく。

ケータイをポケットにつっこみ、病室に戻ると、柚里は額に皺を寄せ、目を固く閉じて呻いている。

「きつくなってきたの?」

すぐに腰をさする。

「頑張りどころよ、もう少しよ」

ベッド上の蛍光灯だけはずっと点けている。その滲んだほの暗さの中で、柚里は青ざめた顔に汗をかいている。持ってきた入院用の荷物からハンドタオルを出して拭いてやる。

「自分で持つ」

柚里はもらい物の花柄タオルを握りしめる。

三時間、四時間たっても、そろそろ分娩室へ行こうとは看護師は言わない。柚里の髪は汗を吸って額にくっつく。パジャマの衿が汗でよじれている。痛みが襲ってくると、布団の端を握り、フッ、フッ、フッと息を吐き続ける。多都子はただ娘の腰をさすりながら腕時計で痛みの間隔を計り、胎児の心拍を見つめる。陣痛の間隔は五分になり、四分になる。時折廊下から、新生児の泣き声が聞こえてくる。子猫が草むらで鳴いているようだ。

多都子は柚里の汗を拭く。涙がにじんでいる。枕元にケータイを置いている。少し収まると、メールを打とうとする。中国にいる松沢に送るのだ。だが、打ち終わらないうちに次の陣痛がやってくる。柚里の口から苦痛に耐える声がもれる。多都子はベッドの横に腰掛けたり、丸椅子に戻ったり、床に座り込んで柚里をさすり続ける。腕がしだいに鉄の棒になる。

廊下が明るくなる。ナースセンターから朝の放送が入る。六時になったのだ。同時に部屋の蛍光灯も躊躇うように点灯する。人の動きだす気配が廊下から伝わってくる。ブラインドを下ろした窓の外はまだ暗いはずだ。向かいのベッドのカーテンがそろりと開けられる。大きなお腹を両手で抱えるようにしてスリッパに足を入れ、トイレに向かう。

ふいに、柚里が静かになる。手からタオルが落ちる。

「柚里」

動かない。横たわる巨大なお腹の妊婦は、白いカバーの布団をねじらせ、枕にもたれたまま動かない。柚里の体を見つめたまま、多都子の体も動けない。眠っているのだ。眠ってしまったのだ。そう分かるまでに時間がかかった。

食事が運ばれてきても起きない。揺り動かしてやっと、重そうにまつげの一本、一本を持ち上げる。口にしたのは、リンゴ二切れとヨーグルトだけだった。食器を載せた盆を、隣のベッドの女性のも一緒に廊下のワゴンに返しに行く。廊下に出たついでに、面会室まで行って「スージー」の奥さんのケータイに電話を掛ける。話し中だ。

朝の面会室には誰もいない。多都子は椅子を引き腰掛ける。もう一度電話をする。応答しない。娘の病院に付き添っていることだけの簡単なメールを送信する。送信ボタンを押した直後に電話が鳴る。奥さんだと思って勢い込んで話し出すと、

「お母さん、わたしよ」絵利の声が返ってくる。出勤途中のプラットホームなのか、電車の案内が聞こえてくる。

「もうぜったい生まれてるはずだと思ったのに、まだなの」

柚里は疲れ切って眠り込んでいるのだ。

「お母さん、柚里姉ちゃん、太り過ぎかもよ。骨盤内に脂肪が付着するとね、胎児が下が

らないんだって、友達が言ってたわ。お母さん、いっぱい食べさせたんじゃないの」

多都子はケータイを持ったまま瞬きをする。絵利は慌てたように付け加える。

「生まれたらすぐに知らせて。手伝いに行きたいんだけど、弱小企業の正社員だからね、なかなか休めないのよ。お姉ちゃんもお母さんも、頑張ってね」

電車が来たのだろう、電話は突然切れてしまう。

多都子は、一度深く息を吐いてから、玲子さんにかけてみる。が、彼女も出ない。留守電になる。多都子はもつれた口で、柚里が入院したことを伝える。


病室に戻ると、向かいのベッドの妊婦は洗面台で歯を磨いている。何らかの用心のために早めに入院させられているのだろうか。柚里はまた眠っている。体温計を回収に来た若い看護師は、柚里の手首の脈を計りながら、じっと寝顔を見つめている。

回診の医師は「少々破水はしてるけど、このまま自然分娩で頑張りますかね。まだ十分体力あるよね」と言う。向かいのベッドには、妊婦の夫が付き添っている。心音モニターもつけていた。陣痛が始まっているのかもしれない。

柚里は、子宮口がやはりまだ二センチしか開いていないという。そんなではなかなか分娩にはたどり着かない。胎児が下りてこない……絵利のことばを思い出す。痛みだけは定期的にやってくる。目を瞑り、手を額に当て、息を吐く。次の痛みまでが八分。きっと今夜だ。多都子は眠っているのかどうか分からない柚里に話すように呟いて、空になった吸い飲みにお茶を入れてやる。

だが、多都子は翌朝もまた同じように、疲れ切った柚里が眠りの中に沈み込んでいくのを見送らねばならなかった。陣痛は間遠になり、心音モニターだけがかわらず響いている。多都子は定まらない目線を病室の窓のあたりに漂わせる。

気がつくと、向かいのベッドは空になっていた。

「夜明け前に生まれて、個室に替わられたみたいです」

カーテンを全開した、隣の女性が教えてくれる。

「わたしは貧血がひどくて、母乳を飲ませに行く以外は寝てるんです。上に三人子どもがいて、親戚に預かってもらってるものだから、ほとんどだれも見舞いには来ないんです」

柔らかな声が多都子の周りを旋回する。

「スージー」の奥さんがやってきたのは、柚里が診察室に呼ばれている時だった。多都子は廊下の先に視線を投げ出して、病室の前に立っていた。きのう誕生した赤ん坊は、一人一人小さなベッドに寝かせられ、乳児室の窓辺に並んでいる。決まった時間帯にだれでもガラス越しに覗くことができる。その人だかりの中から抜け出して、奥さんが現れた。

「どう？　お嬢さん、いま、分娩室に入ってられるの」

多都子はかすかに首を横に振る。

「まだなんです。今、診察中で――。こんなにかかるなんて……」

奥さんはいっしゅん怪訝な表情をしたが、「心配ないわよ」大きく頷きながら、持ってきた「スージー」特製のロールケーキを差し出す。

病室にはだれもいない。面会室ではなく、病室の中に誘う。

「きょう――、お店は？」

「多都子さん、なに言ってるの、きょうは定休日よ」

あ、と多都子は思い、唇をゆるめる。

「それでね、お話があってね。ほんとに大変なことが起きて――」

奥さんは言い淀んで病室の壁に目をやる。ゆっくりと話し始める。昨日の朝、玲子さんの夫が交通事故に遭った。電車の時刻を気にして焦っていた。

「自動車の渋滞の中からよく見ないで飛び出したらしいのよ」

多都子は息を止めて奥さんの顔を見つめる。

「信号右折で走ってきた乗用車にはねられて、四カ月の重傷だって。この病院に入院してね、さっきお見舞いに伺ったところなの。だからきのうは玲子さん、大変だったのよ。スージーに着いてすぐだったからね、知らせが来たの」

返す言葉は液体になって粘り着く。

「玲子さんもしばらくはご主人から目が離せなくてね。それでというか……急きょ、若い人を二人雇うことにしたの。一人は二十歳の男性で、パン焼きの技術も覚えてもらうことになったの。クルマの免許ももってる――」

奥さんは申し訳なさそうに付け加える。

「もう一人は十九歳の女の子。高校出て就職先がなかったらしいのよ」

「アルバイト？」

「じゃなくて、正規に就職してもらうことにしたの」

若い人が就職できて、それはなによりよかったと多都子は思った。だが、そうすると自分の存在はどうなるのだろうか。

「言いにくいんだけどね――こんなときに。でも黙ってる訳にもいかなくて」

少し口をとがらせて息を吐くと、奥さんはまっすぐに顔を向ける。

「店長とも相談してね、多都子さんと玲子さんにはこのまま辞めていただくことにしました。うちもギリギリでね。大変なときにほんとにごめんなさいね」

多都子はいっしゅん言葉の液を全部飲み込み、会話を続ける努力を忘れる。

「いいえ、お店も大変だから――」

唇がかってに動いてようやく音を発している。奥さんは大きく頷く。

「そう言ってもらえて助かるわ」

多都子の手を握ると、落ち着いたら給料を取りに来るようにと言い残して帰っていった。

柚里が首をふらつかせ、重いお腹を落としそうにして戻ってくるのとは入れ違いだった。

付き添ってきた看護師にベッドに寝かされる。

「陣痛促進剤を打つことになった」

口ぶりだけは自販機でジュースを買うみたいだ。

すぐに看護師二人で点滴の準備が始まる。スタンドに掛けられたビニール袋から薬剤は一滴一滴ゆっくりと透明チューブの中をたどり、柚里の体に入っていく。柚里は、温タオルで拭いたせいなのか、子どものように赤い頬をして息を吐く。だが、その奥底で凍り始めているものはないか。静かに遠くから浸食してくるものがありはしないか――。多都子は瞬きをしながら娘の足元に布団を掛け直す。

二時間待って、激しい痛みが柚里にやってきた。子宮口は四センチまで開いた。

「さあ、これからよっ、頑張ろうね」

看護師は明るく言って出て行く。

そのまま夜になる。柚里は食べようとしない。ただ息を吐くことだけで耐えようとする。

「食べないと、少しでも」

柚里は答えずケータイを握っている。

「食べなさい、柚里の体がもたないよ」

多都子は叫びそうになる。

「お母さん、このケータイ、わたしの見えないところに置いてくれる」

白いケータイを多都子の手に押しつける。多都子は仕方なくエプロンのもう一方のポケットに押し込む。ほとんど食べていない容器のご飯をラップに包み、お握りにする。

呻く娘の腰に手を伸ばしてさする。もう長い時間、このベッドで苦しんでいる。生温かく湿った匂いが布団やシーツの間にこもっている。

「お母さん、お母さんっ」

多都子は揺り動かされる。何が起きているのか分からなくて眼を開けると、真上に看護師の顔がある。新しい人だ。夜から交代したのだ。

「一度、お家に帰って休んでこられたらどうですか。こんなところにおられては困ります」

多都子は柚里のベッドにもたれて、床に沈み込んでいたようだった。

「空きベッドはありますが、患者さんのもので泊まってもらうわけにもいきません。分娩室に行かれるときは連絡しますから」

多都子の中にせり上がってくる言葉がある。今、帰るわけにはいかない。娘のそばにいさせてもらえないか。だが、頷くしかない。

「すぐに来るから」

むこう向きになって呻いている柚里に言って部屋を出る。

多都子は青い常夜灯に照らされた駐車場に、一台だけ残されている軽四に向けて、キーリモコンを押す。とたんに明るすぎるヘッドライトが閃いて点く。

鍵を開け、一歩家の中に入ると、ひやりとした空気が渦になってあちらこちらに居座っている。冷たい床をスリッパも履いていない。

風呂場横の洗濯機に向かう。とにかく先に汚れ物を放り込む。水が落ち、洗濯槽は回り始める。

体をねじ込むようにして毛布の間に入る。冷えた家の中で冷えた体はいつまでも眠れない。暗闇の奥で、目だけがかっきりと起きている。洗濯機に流れ落ちる水音が、そのまま多都子の体に流れ込む。じっと水音を聞いている。

体に巻き付けた毛布が重いと感じて、寝返りをうったとき、カーテンの間からは薄光が入ってきていた。いつのまにか、夜は明けていた。

はっと、体を起こす。柚里はどうしているだろう。連絡がなかったのはまだ生まれていないということだろうか。走るように顔を洗い、パンを口に押し込み、柚里の着替えとクルマのキーを手に持つと、玄関に立つ。そして、ふっと、振り返る。

何かが見えた気がした。いつもと違う何か。多都子は、ゆっくりと近づいていく。できあがったベビードレスを小さなハンガーに掛けて、玄関のロッカーに仕舞ったのだった。コートを取るために開けた扉は閉まりきっていなかった。薄いシフォンの布がやわらかく波を打ち広がっている。多都子は後ずさる。ドアを開け、鍵をかけ、クルマに乗り込む。

エンジンがかかり、クルマは動きだす。しっかりとハンドルを握り、前を向く。

病室に入ろうとすると、看護師がとんできた。

「いま、お宅に電話しようとしていたところです。胎児の心音が弱まってきて、すぐに先生からお話があります」

多都子は背中のしつけ糸を引き抜かれた身を持ちこたえる。

ベッドには、モニターをつけられた柚里が目を閉じている。頭の下には氷枕。弱くなったって、心拍数が減ったということなのか。それとも、拍動そのものに力がなくなっているのか。きしんだ音は、むしろ子宮の限界を知らせているように聞こえる。重いゴムベルトを引っ張って、命の玉を一つ、一つ送っているようだ。どうしてこうなったんだろう。もうとっくに、出産を終えた柚里は赤ん坊と共にゆったりと、寝息をたてて休んでいるはずだったのに。多都子はもってきた新しいタオルで柚里の額の汗を拭いてやる。

医師に呼ばれる。案内された明るい小部屋に待っていた医師は、若く、緊張している。早口に説明する。陣痛促進剤を二本投与したが子宮口は十分に開いてこないし、胎児も下りてこない。胎児の心音がしだいに弱くなってきている。もう少しだけ様子を見ることも不可能ではないが、母親の体力も限界にきている。事態は最悪なことになりかねない。手術して取り出した方がいい。だが、胎児は、多量ではないが先に破水しているので、感染症の恐れがあり、無菌保育器に入れて様子をみなければならない。

手術の同意書を広げ、サインをするように場所を示す。若い指だ。用意されていたボールペンで、多都子は住所、氏名を記入し、母と書く。緊急の輸血の承諾、並べられた数枚の書類にサインをしていく。その耳に、命がなくなる危険性がありうると聞こえてくる。

「今から三十分以内に手術を行います。すぐにそのための検査と準備に入ります」

医師は書類を受け取ると、白衣の折り目を見せて立ち去る。

「よろしくお願いします」

多都子の声は閉まろうとするドアに挟まる。

柚里の体は丸まって車いすに乗っていく。痛みの波は休む間もなく押し寄せてきているように見える。何も言わない。フッ、フッ、フッと息を切って吐くことだけでしのいでいる。それ以外は何も考えが及ばないに違いない。

車いすを押す看護師は、エレベーターの扉をこじ開けるようにしてすばやく乗り込み、廊下を走って移動する。多都子もすぐ後を追いかける。次々と検査室をまわる。血液検査なのか、アレルギー検査か、麻酔検査か、よく分からない。

「すいません、お母さん。ここ、押さえていてください」

看護師の声に、注射針を抜いたあとを脱脂綿で圧迫する。

柚里の顔は青ざめ、ぐったりしている。多都子は持ってきた吸い飲みを口にもっていってやる。かすかに首をふっていらないと言う。

「いったん部屋に帰ってから、ベッドのままで手術室に移動します」

ことば通り、病室に戻ると、待ちかまえていた看護師二人が部屋の両開き扉を全開にしようとしていた。横たわるとすぐにベッドごと壁から引き離され、部屋を出て行く。あとにはがらんとした床だけが残る。

部屋には隣のベッドに見舞客が二人いて、あわてて立ち上がって、借りている丸いすを一つ返そうとするそぶりを見せる。が、多都子はただ目礼だけして柚里の後を追う。

ナースステーションの前を延びる廊下の先を折れて、隣の病棟に渡っていく。床も壁もリフォームしたばかりのように新しい。柚里のベッドを押す看護師二人と多都子以外、誰もいない。ベッドの車輪がときおり金属音をたて、看護師の平底の靴音が床に溶けていく。

多都子は自分の荒くなる呼吸をただ聞いている。長い水路を行くような気がする。ずぶずぶと首まで水に浸かって、ベッドと三人は走ろうとしている。冬なのか春なのか、何月だったのかも分からなくなる。いつか、音も遠くなり、ひたすら水をかき分けて前へ行こうとする感覚だけが残っている。水の膜を長く引きずって走る。

急に開けた教室ほどの空間でベッドは止まる。

そこからはまた、三方に廊下が延びている。残りは行き止まりの扉。青い四枚扉は巨大な冷凍庫のドアを思わせる。扉の上のプレートに、手術室という文字がゆれて見える。

看護師の一人が、青扉の横にあるインターフォンのボタンを押そうとベッドから離れる。

とつぜん、前方の廊下の奥から人が近づいてくる。走っている。急に大きくなって目の前に現れる。

「ああ、間に合った」

肩を上下させ、息を固まりのまま吐いている。多都子は声を飲み込んで彼女を見つめる。

「よかった、間に合って」

抱えていた布製のバッグから大事そうに小さな包みを出してくる。

「お守り。渡す機会がなくて。ほんとうに間に合ってよかったわ」

多都子の目の前に、安産お守りと縫い取られた赤い布袋が差し出される。

「玲子さん」

多都子は受け取ると、自分の手の中に包み込んだ。

ベッドが動きだす。多都子は柚里の髪をなでる。柚里は閉じた目を薄く開ける。

「ご家族の方はこちらに待合室がありますから、病室かどちらかでお待ちくださいね」

看護師が指さす方に、ベンチとテーブルが置かれた小部屋がある。

手術室の大扉が開いていく。その先に、また通路とドアが見える。

ベッドはゆっくりと扉に向かって進んでいく。

「あのね、金魚が治りそうなのよ」

玲子さんが声をひそめて言う。

「今朝気がついたの。あんなに傾いていたはずなのにまっすぐに泳いでるの。あの薬のお陰よ」

「玲子さん、大変だったんでしょ、ご主人が――」

玲子さんは深く肯く。

「大丈夫、生きてるわ」

玲子さんの手が多都子の手を握る。少し湿り気を帯びた薄い皮膚の感覚。その頼りない柔らかさは、互いに高齢期を迎えることを伝えていた。

看護師二人が押す柚里のベッドは手術室への通路に吸い入れられていく。大扉が閉じられようとする。

多都子は見る。瞬きもせず見続ける。視界はゆれる、膨らむ。

あとがき

『鳥が飛ぶ日』が出てから十五年、瞬く間の年月だった気がします。いま、ようやく二冊目の作品集を出すことができました。『鳥が飛ぶ日』の主人公たちが、少女や若い女性であったのが、今回、『ゆれる、膨らむ』に収めた作品群は、「草の葉」が三十代を除き、他は中年から高齢者であることにも驚きます。私がもたもたしている間に、恩師、竹内和夫氏が他界され、また「文學界同人誌評」でご指導いただいた大河内昭爾氏、松本道介氏が亡くなられました。感謝の思いもお伝えできないのがほんとうに残念です。

「飢餓祭」の仲間を始め、これまで出合ってくださったお一人お一人に、そして読んでくださった方々に心から感謝申し上げます。

編集工房ノア様はとても丁寧に本を作ってくださいました。表紙装幀は『鳥が飛ぶ日』同様、二女の秋山知津子の手によります。重ねてお礼申し上げます。

二〇二〇年十月

夏当紀子

初出一覧

「白昼」	「飢餓祭」23集	二〇〇一年九月十日
「六分後に追いかけて」	「飢餓祭」28集	二〇〇五年十二月二十五日
「草の葉」	「飢餓祭」46集	二〇二〇年五月一日
「花火は見えたか」	「飢餓祭」45集	二〇一九年八月一日
「縄文の波音」（「しゃぼん玉みたいに」改題）	「飢餓祭」38集	二〇一三年九月十日
「ゆれる、膨らむ」	「飢餓祭」35集	二〇一一年七月十日

夏当紀子（なつとう・のりこ）

一九五三年　大阪市生まれ。

一九八六年　大阪文学学校通教部を経て、同人誌「飢餓祭」に創刊より参加。

一九九三年　「硫酸鉄工場から来た猫」第四回小島輝正文学賞受賞。

一九九八年　「日常の舟」『季刊文科』十一号に転載。

一九九九年　「姫島の青い空」部落解放文学賞児童文学部門佳作入選。

二〇一二年　「ゆれる、膨らむ」二〇一二年上半期同人誌優秀作品。『文學界』12年5月号に転載。

著書『鳥が飛ぶ日』（二〇〇五年　星湖舎）

大阪文学学校チューター
〒635―0074　奈良県大和高田市市場84―26

ゆれる、膨《ふく》らむ
二〇二〇年十一月一日発行
著　者　夏当紀子
発行者　涸沢純平
発行所　株式会社編集工房ノア
〒五三一―〇〇七一
大阪市北区中津三―一七―五
電話〇六（六三七三）三六四一
ＦＡＸ〇六（六三七三）三六四二
振替〇〇九四〇―七―三〇六四五七
組版　株式会社四国写研
印刷製本　亜細亜印刷株式会社
© 2020 Natuto Noriko
ISBN978-4-89271-340-8
不良本はお取り替えいたします

表示は本体価格

幸せな群島　竹内和夫

同人雑誌五十年　青春のガリ版雑誌からVIKING同人、長年の新聞同人誌評担当など五十年の同人雑誌人生の時代と仲間史。二三〇〇円

一年の好景　竹内和夫

中国多思行――一九七九年、日中友好の船で神戸から上海へ。一九九五年震災後の神戸から再び上海、江南へ。変化する旅の情景。多思の旅。一八〇〇円

衝《つく》海町《みまち》　神盛敬一

第4回神戸エルマール文学賞　少年を主人公とした純度の高い力作4編。悲しみを抱いて未来を切り開く。汽笛する魂の「ふるさと」少年像。二〇〇〇円

北京の階段　山本佳子

主人公林子《りんこ》の求める、生きる場所のイメージと、涼やかな音色が重なる。死と生のあわいにある時間を感じとる感覚のやわらかさ(夏当紀子氏)　二〇〇〇円

神戸モダンの女　大西明子

神戸で生まれ育ったモダンな義母の人生を、大正、昭和の世相と共に描く。波瀾の時代を意志的に生き抜いた魅力の女性像。女性たちの姿も。二〇〇〇円

海が見える　長瀬春代

一家あげて北朝鮮に渡った明子。進駐軍のPXに勤める鈴ちゃん。息子を日中戦争で亡くしたツル。ハンセン病療養所の詩人…女たちの6編。二〇〇〇円

空のかけら　野元　正

ビルの谷間の古い町の失われゆく「空」への愛惜。年神さんの時間の不思議。光る椎の灯火茸の聖女。野性動物との共生。鎧を造る男の悲哀。二〇〇〇円

飴色の窓　野元　正

第3回神戸エルマール文学賞　中年男人生の惑い。アメリカ国境青年の旅。未婚の母と娘。震災で娘を亡くした女性の葛藤。さまざまな彷徨。二〇〇〇円

書いたものは残る　島　京子

忘れ得ぬ人々　富士正晴、島尾敏雄、高橋和巳、山田稔、VIKINGの仲間達。随筆教室の英《はな》ちゃん。忘れ得ぬ日々を書き残す精神の形見。二〇〇〇円

竹林童子失せにけり　島　京子

竹林童子とは、富士正晴。身近な女性作家が、昭和二十五年の出会いから晩年まで、富士の存在と文学、魅力を捉える。一八二五円

ディアボロの歌　小島　輝正

〈ノア叢書1〉アラゴン・シュルレアリスムやサルトルの研究家として知られた著者の来し方を軽妙洒脱に綴る等身大のエッセイ集。一九〇〇円

始めから　そこにいる人々　小島　輝正

べ平連、平和運動の原点から、同人雑誌、アラゴン、サルトルまで、個の視点、無名性の誠心で貫かれた昏迷の時代への形見。未刊行エッセイ。一八〇〇円

コーマルタン界隈　山田　稔

パリ街裏のたたずまい、さまざまな住人たち。孤独を影のようにひきながら暮らす異邦の人々、異邦の私。街と人が息づく時のささやき。　二〇〇〇円

八十二歳のガールフレンド　山田　稔

思い出すとは、呼びもどすこと。すぎ去った人々が、想像のたそがれのなかに、ひっそりと生きはじめる。渚の波のように心をひたす散文集。　一九〇〇円

碧眼の人　富士　正晴

未刊行小説集。ざらざらしたもの、ごつごつしたもの、事実調べ、雑談形式といった、独自の融通無碍の境地から生まれた作品群。九篇。　二四二七円

軽みの死者　富士　正晴

吉川幸次郎、久坂葉子の母、柴野方彦、大山定一、竹内好、高安国世、橋本峰雄他、有縁の人々の死を描く、生死を超えた実存の世界。　一六〇〇円

わが敗走　杉山　平一

〔ノア叢書14〕盛時は三千人いた父と共に経営する工場の経営が傾く。給料遅配、手形不渡り、電車賃にも事欠く、経営者の孤独な闘いの姿。　一八四五円

巡航船　杉山　平一

名篇『ミラボー橋』他自選詩文集。青春の回顧や、家庭内の幸不幸、身辺の実人生が、行とどいた眼光で、確かめられてゐる(三好達治序文)。　二五〇〇円

ペリーの巣

あいちあきら

熱く、空しく。団塊世代の狂おしき日々。『砂まみれのビートルズ』'65日本公演、『ペリーの巣』'73沖縄、『絶望のスパゲッティ』新幹線の三部作。　二〇〇〇円

漂着

松田伊三郎

時代閉塞と崩壊感覚、意識や存在の形を、閉ざされた部屋、架空の街の生活にあらわす、'70年代作品群と「私の大阪文学学校」。文学航海録。　二〇〇〇円

イージス艦がやって来る

森口　透

青島《チンタオ》の生家訪問、苦学生時代、会社員時代の海外出張、総領事館員時代の執務。時代を経て来た「日常的出来事」の中に、潜み流れるもの。　一九〇〇円

佐江野

浜田　紀子

九頭龍川河口の古くは港として栄えた漁村の時の流れ、地で生きる人々の暮らしのさま、風景を地の心で描く詩情豊かな連作小説。　一六〇〇円

源郷のアジア

佐伯　敏光

インド・中国雲南・マレーシア3紀行　私たちはどこで生まれ、どこを歩いて来たか。中国山地の生地から遠いはるかな血と精神を索める旅。　一九〇〇円

インディゴの空

島田勢津子

インディゴブルーに秘められた創作の苦悩と祈り。「おとうと」の死の哀切。障害者作業所パティシエへの私の想い。心の情景を重ねる七編。　二〇〇〇円

不機嫌の系譜　木辺弘児

自虐　果てしなき迂回　と記した父の詩。漱石「坊っちゃん」のたぬき校長、祖父・住田昇日記の発見。とらえがたき肉親の深層に分け入る。　二〇〇〇円

冬晴れ　川崎彰彦

軍医であった父は失意を回復しないまま晩年を送り、雪模様の日に死んだ。「冬晴れ」ほか著者の二十二年間の陰影深い短篇集。　一六五〇円

黄昏のスワンの不安　葉山郁生

七〇年代の青春を経て中年に達した人々の素顔。仕事や病い、恋愛や家庭、旅、追憶、幻想、を通して生命の軌跡を捉える（黒井千次氏）。　二八〇〇円

日は過ぎ去らず　小野十三郎

半ば忘れていた文章の中にも、今日の状況の中でこそ私が云いたいことや、再確認しておかなければならないことがたくさんある(あとがき)。　一八〇〇円

詩と小説の学校　辻井喬他

大阪文学学校講演集＝開校60年記念出版　小池昌代、谷川俊太郎、北川透、髙村薫、有栖川有栖、中沢けい、奈良美那、朝井まかて、姜尚中。　二三〇〇円

小説の生まれる場所　河野多恵子他

大阪文学学校講演集＝開校50年記念出版　黒井千次、小川国夫、金石範、小田実、三枝和子、津島佑子、玄月。それぞれの体験的文学の方法。　二二〇〇円